BBULMEDIA

www.bbulmedia.com

破天道

파천도

10

[완결]

비가 신무협 장편 소설

뿔미디어

차 례

75장
선언(宣言)

"미친놈들."

도인이라면 절대 입에 담아서는 안 되는 말이었다.

그러니 평범한 도인도 아닌, 대무당파의 장문인인 송검(松劍) 청운(靑雲)의 입에서는 더더욱 나와서는 안 될 말이다.

하지만 지켜보는 이들은 차마 그의 입에서 나온 말을 경박하다 평하지 못했고, 자중하라 권하지 못했다.

그들도 똑같은 심정이었으니까.

과거 군사였던 제갈진의 강권(强勸)으로 지어두었던 정천맹제이지부는 결코 사용할 일 없으리라 믿었던 이들의 바람과는 반대로 지금 정천맹의 총단이 되어 있었다.

하지만 무수한 반대를 물리치며 이곳을 지은 제갈진의 혜안을 칭찬하기에는 상황이 너무 좋지 않았다.

그 총단의 첨탑(尖塔)에서 아래를 내려다보는 송검의 입에서 욕지거리가 나오고 있었다.

"대체 무슨 생각이란 말인가."

총단 정문 앞.

정확히는 정천맹 임시 총단 정문 앞에서부터 불과 삼백여 장이 떨어져 있는 곳에 커다란 막사가 세워져 있었다.

그리고 그 막사의 지붕에는 단 한 글자만이 적혀 있었다.

마(魔).

이 글자를 사용할 수 있는 곳은 현 강호에 단 하나뿐이었다.

마련.

그들을 상징하는 글자가 적힌, 거대한 천막이 지금 송검의 눈에 보이고 있는 것이다.

불가능한 일이었다.

여기가 어디인가.

강호의 상징이나 다름없는 정천맹의 총단이다.

임시 총단이라고 하더라도 총단은 총단이다.

그 총단 바로 앞에 마련의 거점이 세워진 것이다.

그것도 불과 삼백여 장 앞에 말이다.

으드득.

송검은 이를 갈았다.

그와 같은 고수라면 삼백여 장의 거리는 아무것도 아니다.

눈 깜빡할 새에 바로 저곳에 당도할 수도 있다.

그런데 배짱 좋게도 저곳에 천막을 짓더니, 주인이 도망간 건물들을 제멋대로 점거하여 숙소로 쓰고 있는 것이다.

이게 정천맹을 무시하는 것이 아니면 뭐란 말인가.

"고정하시지요, 맹주."

"지금 고정하게 생겼습니까?"

"그럼 뭘 어쩌겠소이까?"

"으⋯⋯."

붕걸의 말이 맞았다.

그리고 그의 말이 맞다는 것이 송검의 가슴을 더 긁어놓고 있었다.

마련의 주구들이 눈앞에서 막사를 짓고 있는데도 그저 지켜보고 있는 것이 최선이라니!

뱃속에 달아오른 돌덩어리를 넣어놓고 있는 심정이었다.

"대체 저 미친놈들은 왜 저러고 있다는 말입니까?"

"미친놈들의 머릿속을 누가 알겠습니까?"

송검은 열을 식히느라 애를 썼다.

청정한 무당에서 수십 년 동안 닦아온 그의 도(道)도 이런 상황에서는 별 도움이 되지 않았다.

이성적으로 따져 본다면 나쁘다고 할 상황은 아니다.

아니, 오히려 좋다고 해야 할 상황이었다.

마련의 주구들이 엎어지면 코 닿을 곳에 있다는 부담감으로 경계가 강화되고 총단에 있는 이들이 제대로 쉬지 못해 눈이 벌게져 있다는 것은 고려해야 할 피해지만, 반대로 지금 이곳으로 중원 곳곳에 산재해 있던 무인들이 모여들고 있다는 것은 기꺼운 일이었다.

저 미친 마인 놈들은 물러드는 무인들을 막으려 하지 않았고, 혹시 마련의 천막 쪽으로 향할까 널찍하게 둘러싸 배치되어 있는 안내인들도 묵인하고 있었다.

좋은 일이다.

무척 좋은 일이었다.

하지만 그 좋은 일을 맞이하는 송검의 표정은 여전히 밝지 못했다.

눈앞에서 적의 힘이 점점 더 강해지고 있는데도 강 건너 불구경 하듯이 구경만 하고 있는 저 미친놈들을 보고 있자니, 속이 뒤집어졌다.

"마인, 마인하기에 얼마나 제정신이 아닌 놈들일까 했습니다만, 저 정도일 줄 누가 알았겠습니까?"

붕걸이 낄낄대며 웃었다.

"기록으로 남아 있는 마인 놈들의 짓거리 중에서도 첫손가락에 꼽힐 짓거리일 겁니다. 제정신 아니기로는 우리 거지새끼들도 뒤지지 않을 거라 생각했는데, 저놈들을 보아하니 그게 아닌 모양이오. 거지 쪽박 다 깨는 짓거리 아니겠소? 에잉."

대화 자체는 밝았다.

하지만 말과는 달리 그들의 표정은 그리 밝지 않았다.

처음 마련이 도착했을 때 바로 총단으로 치고 들어왔다면 지금쯤 그들은 이 세상 사람이 아닐 것이다.

그들과 마련 사이에는 그 정도의 차이가 있었다.

그런데 빠르게 치고 와 총단 앞까지 도달한 놈들이 갑자기 천막을 올리더니, 그대로 눌러앉아 버렸다.

벌써 칠 주야나 말이다.

처음에는 안도의 한숨을 내쉬었다.

그런데 그 시간이 길어지니 슬슬 압박감이 느껴지기 시작했다.

지금에 이르러서는 압박감과 긴장 때문에 숨도 쉬기 힘들 지경이었다.

왜 안 그렇겠는가.

그들의 입장에서는 언제 터질지 모르는 폭탄을 끌어안고 있는 것이나 마찬가지인데.

"망할 마인 놈들."

그나마 위안이라면 지금 이 시간에도 소식을 들은 무인들이 총단으로 모여들고 있다는 것이다.

시시각각 전력이 강화되다 보니, 이제는 한 번 붙어볼 만하지 않을까 하는 생각까지 들었다.

'아서라.'

송검은 바로 고개를 흔들었다.

눈앞에 있는 놈들을 마련(魔聯).

이미 황실뿐 아니라 구파일방 중 넷을 무너뜨린, 천하에서 가장 강대한 세력이다.

남아 있는 전력을 모두 결집시켜야 그나마 자웅을 결해볼 수 있을까 말까였다.

그런데 지금 모인 어중이떠중이들로 저들과 승부를 결하겠다고?

잠시 치솟았던 호승심이 싸늘하게 식었다.

현실적으로 본다면 지금 모이고 있는 중소 문파의 무인들이 도움이 된다고 보기는 어려웠다. 그저 수만 늘릴 뿐이다.

'없는 것보다는 낫겠지.'

적어도 사기는 높아지고 있다는 게 다행이었다.

그리고 수가 늘어가다 보니 교대로 경계를 시키면서 휴식 시간도 어느 정도 보장을 할 수가 있지 않은가.

비록 그 휴식이 제대로 된 것이 아니라 해도 말이다.

"사천으로 간 이들은 언제 도착한답니까?"

"아무리 그래도 칠 주야는 더 필요하지 않겠소이까?"

"오독문은요?"

"오독문은 이틀 내로 도착할 것이오. 애초에 사천을 그냥 지나쳐서 합류시킨 것이 옳은 판단이었습디다."

"그럼 곤륜을 제외한다면 구파일방의 남은 전력은 거의 모인 셈이군요."

"해남 촌놈들도 오고 있다 했으니, 곧 있으면 대부분의 전력이 모일 거외다."

구파일방뿐 아니라 해남까지 와준다면 큰 도움이 될 것이다.

게다가 멸문한 모용세가를 제외한 사대세가 중 제갈세가와 팽가의 대부분이 이곳에 있다.

그뿐 아니라 진주(錦州)의 언가도 곧 도착한다는 소식을 보냈고, 산동(山東) 악가도 이제 곧 도착할 것이다.

의기 하나로 분연히 달려오는 중소 문파의 무인들뿐 아니라 확실한 전력도 강화되고 있다.

'덕분에 포위망이 옅어지긴 했지.'

중요 거점을 막고 있는 이들의 합류를 최대한 막았다.

이곳에 집중하느라 저들의 퇴로를 열어줄 수는 없는 법이니까.

하지만 그 외의 인원들은 모조리 이곳으로 몰려오고 있었다.

일부러 소집령을 내린다 해도 이만한 호응을 얻어낼 수는 없었을 것이다.

그럼에도 사람들이 이곳으로 몰리고 있는 이유는 간단했다.

공포.

마련에 대한 공포가 그들의 등을 떠밀고 있었다.

정천맹 총단으로부터 시작하여 황실, 소림, 아미, 청성, 공동, 그리고 중도에 회군한 사천의 당가까지.

천하의 어디에도 안전한 곳은 없다.

지금까지처럼 적당히 한곳으로 밀려들었다가 싸우고 빠지는 형식이 아니었다.

중앙에서 시작하여 온 곳을 다 들쑤시고 있었다.

그런 마련의 행보 속에서 사람들은 깨달은 것이다.

천하 어디에도 안전한 곳은 없다!

달아날 곳이 없어진 이들은 항거하는 것을 택했다.

독 안에 수많은 쥐들이 있는데 뱀이 그 속으로 들어온다면 어쩌겠는가.

잡혀 먹지 않으려면 싸울 수밖에 없다.

마련은 뱀이고, 자신들은 쥐다.

지금 달아나길 포기한 쥐들이 뱀을 물기 위해 모이고 있었다.

"왜 좌시하는 건가, 하후상."

송검은 하후상의 생각을 도무지 이해할 수가 없었다.

적이 한곳으로 모이기를 기다리다니.

일망타진이라도 하겠다는 건가?

그럴 생각이라면 하수 중의 하수라고 평할 수 있었다.

각개격파와 일망타진 중 지금 무얼 선택해야 하는지는 삼척
동자라도 알 것이다.

하후상을 겪어보지 않았더라면 멍청한 놈이라 욕했겠지만,
그가 지금까지 겪은 마공자 하후상은 멍청이란 말과는 어울리
지 않는 인간이었다.

정천맹 최고의 두뇌라는 제갈진마저 농락한 그가 전략적 하
수를 둔다?

말도 안 되는 소리였다.

그렇기에 도무지 진정할 수가 없었다.

하수를 두지 않는다.

그렇다면 지금 그의 눈앞에 보이는 천막은 마공자가 안배한
계책일 것이다.

그 계책이 무엇인지 도무지 알 수가 없다는 것이 송검을 미
치게 만들었다.

하지만 아직은 미칠 때가 아니었다.

더욱 그를 미치게 할 일이 남아 있었으니까.

"매, 맹주님!"

송검은 살짝 눈살을 찌푸렸다.

헐레벌떡 뛰어온 수하에게 정확히 '맹주 대리'라고 칭하는 것이 옳다고 잔소리를 늘어놓을까, 아니면 그냥 넘어갈까?

그냥 맹주님이라 부르는 것을 좌시하기에는 굴러온 떡을 넙죽 삼키는 뻔뻔한 작자가 되는 것 같고, 그렇다고 맹주 대리라 부르라 정정하기에는 권위가 너무 살지 않는 것 같은 면이 있었다.

안타깝게도 송검은 결론을 내리지 못했다.

그의 머릿속이 송두리째 탈색될 만한 말이 들려왔기 때문이다.

"마, 마공자! 마공자가 정문에 왔습니다!"

"……."

송검은 아무런 대답도 하지 않은 채 가만히 그의 앞에서 질린 얼굴을 하고 있는 수하를 바라보았다.

'제정신인가?'

살고 싶다면 이런 농담은 하지 않을 것이다.

단칼에 목이 달아나도 할 말이 없을 테니까.

그렇다면 정신이 살짝 나갔다는 쪽이 더 말이 된다.

송검도 압박감을 이렇게 받고 있는데 칠 주야 동안 언제 습격당할지 모른다는 공포에 짓눌린다면 현실과 망상을 구분하지 못하는 수준이 되었다 해도 이상할 게 없으니까.

"맹주……."

붕걸의 떨리는 음성이 들려온다.

"아무래도 진짠 거 같소."

창밖을 가리키는 붕걸의 손을 따라가 보니 정문이 보였다.

그 정문 앞에 기백에 달하는 무사들에게 포위당해 있는 검은 옷의 청년이 보였다.

"이…… 미친놈!"

송검은 그 말과 동시에 창밖으로 몸을 날렸다.

계단을 통해 내려갈 시간이 없다.

붕걸도 두말 않고 그의 뒤를 따랐다.

"멈춰라!"

송검이 내지른 사자후(獅子吼)가 전각을 쩌렁쩌렁 울렸다.

지금 누군가 마공자를 공격한다면 바로 전면전이다.

아무리 대비를 했다고는 하나 전면전은 부담스럽다.

언가가 도착할 이틀이라도 더 시간을 벌고 싶은 것이 그의 심정이었다.

송검이 바닥에 내려서자 마공자를 포위하고 있던 이들이 길을 터주었다.

"휴우."

송검은 심호흡을 내뱉고는 그 길을 향해 천천히 걸어갔다.

길 끝에서 허허롭게 자신을 기다리고 있는 하후상이 보이자 심장이 오그라드는 것만 같았다.

'나도 이렇게 긴장이 되는데…….'

하후상은 전혀 부담을 느끼지 않는 얼굴이었다.

이젠 수백이 된 무인들이 포위하고 있음에도 오롯이 홀로 서 있을 뿐이었다.

아니, 홀로는 아니다.

그의 옆에 시비인 듯 보이는 여인이 시립하고 있으니까.

마공자의 일 장 앞까지 다가간 송검이 입을 열었다.

"이리 갑작스레 찾아올 줄은 몰랐소이다."

좀 더 공경하는 말투를 쓸까 하다가 관두었다.

눈이 많다. 그들 앞에서 더 겸손한 말투를 썼다가 자신이 하후상을 두려워한다는 인상을 줄 수도 있었다.

"이웃이 된 지 칠 주야나 되었는데 인사도 하지 못했으니, 예의나 차릴까 해서 왔다."

"이웃이라……. 우리가 이웃이었소?"

하후상의 눈이 천막을 가리켰다.

"옆에 살면 이웃이지, 이웃이 별건가?"

"후후, 그렇구려. 우리가 이웃이었구려."

송검의 얼굴이 살짝 달아올랐다.

생각 같아서는 일검에 목을 잘라 버리고 싶지만, 덤벼들 수 없는 현실이 원망스러울 뿐이었다.

"그래, 이웃께서 무슨 일로 정천맹을 찾으셨소? 보아하니 단순히 인사나 하자고 오신 건 아닐 테고?"

하후상은 가볍게 웃었다.

송검은 그 미소가 너무도 인상적이게 다가오자 자신도 모르게 눈살을 찌푸렸다.

그림이 된다.

정말 그림이 나오는 사내였다.

수많은 적대적 무인들 사이에서도 저리 고고하게 군다면 보통은 허세로 보일 텐데, 이 사내는 아니었다.

말이나 동작으로 자신감을 뽐내지 않아도, 그저 서 있는 것만으로도 그를 지탱하고 있는 자신감이 엿보였다.

절대적인 존재감.

'멈추라고 하지 않았다면 누군가는 달려들었을까?'

아닐 테지.

송검이나 붕걸이 오기 전까지, 그게 아니라도 사문의 존장들이 오기 전까지 누구도 그를 향해 검을 뽑지 못했을 것이다.

총단이 무너지면서 수많은 지인들을 잃었을 이들이 원수를 눈앞에 두고도 검조차 뽑지 못했다.

하후상이 무위를 내보였던가?

아니면 그들을 위협하기라도 했던가?

저 멀리 보이는 마련의 마인들이 두려웠던가?

그래서였나?

아니다.

하후상은 아무것도 하지 않았다.

마인들이 아무리 두렵다고는 하나 삼백여 장 밖.

이들이 전부 달려든다면 하후상을 위협하기에는 충분한 거리였다.

그럼에도 누구도 달려들지 못했다.

그것이 바로 하후상의 존재감이다.

인정하긴 싫지만, 상황이 반대였다면 지금쯤 송검은 목이 잘린 시체가 되어 있을 것이다.

하후상은 아무것도 하지 않았건만, 그저 보이는 존재감만으로 되레 그를 포위하고 있는 수백의 무인들을 압박하고 있었다.

조금 전보다 더 넓어진 포위망이 그 증거였다.

송검의 반이나 살았을까?

겨우 그 나이에 일대 종사를 넘어서 천하에 손꼽히는 무인이라 부를 경지에 올랐다.

현실적으로 본다면 이견 없는 천하제일인이 그의 눈앞에 있는 것이다.

'천검?'

전대의 천하제일인인 천검 자영이라면 저 정도의 존재감을 보여줄 수 있을까?

있다.

분명 그럴 수 있다.

하지만 천검의 존재감은 그가 하후패와 맞서 싸운 존재라는 것에서 기인하는 측면이 컸다.

아무런 정보 없이 그를 그저 무인으로 보았을 때, 과연 지금 눈앞에 있는, 이 청년이 보여주는 이 무시무시한 존재감을…….

'그만두자.'

천검에 대한 불경이다.

그리고 이자에 대한 과대평가다.

아무리 이자가 그 끝을 알 수 없는 무학의 재능으로 똘똘 뭉

친 괴물이라고 해도 세수가 일백을 넘은 천검 이상의 무위를 갖
추었을 리가 없다.

송검은 필사적으로 자신을 안심시켰다.

그러지 않으면 버티지 못하고 당장에라도 달려들고 말 것만
같았다.

"선물을 주러 왔다면 믿겠나?"

"선물?"

송검의 눈살이 찌푸려졌다.

"이웃이라더니, 선물까지 들고 오셨다? 정말 하남에 자리라
도 잡아볼 작정이시오?"

"못할 것도 없겠지만, 당분간으로 한정하지. 자리를 잡기에
는 사람이 너무 없군."

"그게 누구 때문이라고 생각하시는 거요?"

"나 때문이란 말인가?"

"아니란 말이오?"

"이상하군. 나는 나 스스로 군자라고 생각해서 지금까지 일반인
들은 하나도 건드리지 않았는데, 왜 나에게서 달아난다는 거지?"

"……."

말문이 막혔다.

한 가지 이유는 하후상의 말이 어이가 없었기 때문이다.

그가 지금까지 죽인 사람이 대체 몇인지나 알고 말하는 것일까?

다른 한 가지 이유는 새삼스럽게 깨달은 점이었다.

'그러고 보니……'

이번 마련은 일반인을 전혀 건드리지 않았다.

이전까지의 마련이 눈앞에 보이는 모두를 죽이고 진격한 것에 비해 이번에는 진격은 더없이 쾌속했으나 일반인의 피해는 전무하다시피 했다.

철저히 무인과 군인만을 죽여온 것이다.

"토끼를 잡지 않는 사자라 해서 토끼가 사자 옆을 뛰놀 수는 없는 법 아니겠소?"

"이상하지. 그대들도 일반인들의 눈으로 보기에는 늑대 정도는 될 터인데, 늑대와는 잘 놀지 않나?"

"그럼 우리는 착한 늑대인 모양이구려."

"재미없는 비유군. 하지만 뭐, 됐어. 쓸데없는 잡담이나 하러 온 것은 아니니까."

송검은 어느새 바짝 말라 있는 입술을 축였다.

몇 마디 대화를 하지도 않았는데 벌써 지치는 느낌이었다.

"선물을 가져오셨다 하지 않으셨소? 꽤 궁금하오이다. 다만, 식상하게 시체를 들이밀 거라면 사양하겠소."

"고전적인 이야기군. 걱정할 것 없어. 나는 그런 방식을 좋아하지 않으니까."

마공자는 가볍게 웃었다.

"내가 줄 선물은 간단해. 휴식을 주지."

"휴식?"

"마공자의 이름으로 선언하건대, 앞으로 삼 일간은 무슨 일이 있어도 우리가 이곳을 습격하는 일은 없을 거야."

송검의 눈이 가늘어졌다.

"그걸 믿으라는 거요?"

"믿지 못할 이유는?"

"하하하! 집 문 앞에 강도가 자리를 잡았는데 앞으로 삼 일 동안은 처들어오지 않겠다는 말을 믿고 쉬란 말이오? 우리더러 지금?"

"말하자면 그렇겠군."

송검이 이를 드러냈다.

"난 마공자의 장난을 받아줄 정도로 마음이 넓은 사람이 아니오. 지금이라도 달려들어 목을 쳐버리고 싶은 것을 억지로 참고 있는 중이니 말이오. 그대의 수작에 내 사숙 두 분이 유명을 달리하셨다는 것을 모르지는 않겠지?"

으르렁대는 송검을 보며 마공자는 그저 웃을 뿐이었다.

"모르겠는데?"

"감히!"

송검은 검 손잡이를 움켜잡았다.

하지만 그뿐, 차마 뽑아내지 못하는 검에 그의 고뇌가 보였다.

"내가 죽인 이가 몇이라고 생각하는 거지? 난 그들을 일일이 기억할 정도로 낭만적인 사람이 아니라서 말이야. 쓸데없는 원한 늘어놓기는 그 정도로 하지. 흥미가 떨어지니까."

송검은 씩씩거렸지만 차마 검을 뽑지는 못했다.

검을 뽑는 순간이 모든 것이 망쳐지는 순간이라는 것을 알았기에 차마 뽑을 수가 없었다.

'미친놈.'

정천맹 총단으로 홀로 걸어와 수백의 무인들에게 둘러싸여 있음에도 되레 정천맹주인 그를 도발하고 있었다.

그가 인내심이 조금만 깊지 못했다면 지금쯤 그에게 검을 날리고 있었을 것이다.

'그걸 바라고 있는 것인가?'

머리가 복잡했다.

그는 마공자의 귀계(鬼計)를 파악해 낼 능력이 없었다.

다시 한 번 제갈진의 빈자리에 신음할 수밖에 없었다.

"헛소리는 다 했소?"

"헛소리라……."

마공자가 눈살을 찌푸렸다.

"이봐, 맹주."

"말하시오."

"내가 그대들을 말로 속인 적이 있던가?"

"……."

"내가 내 입으로 한 말을 지키지 못한 적은 있던가?"

"나와 그대는 말을 섞은 적이 없소."

"그럼 구천에 있는 그대의 동료들에게 물어보면 되겠군. 나는 그들 모두를 죽일 거라 말했고, 지켰으니까."

"끝까지!"

"흥분하지 말라고. 나는 대화를 하고 싶으니까."

"……."

부들거리는 그의 어깨를 잡는 이가 있었다.

뒤를 돌아보자 붕걸이 고개를 젓고 있었다.

"으음……."

침음을 삼키는 그를 뒤로하고 붕걸이 한 걸음 앞으로 나섰다.

"우리 맹주님께서 청정도량(淸淨道場)에만 있다 보니 속세의 더러운 말과는 어울리지가 않소이다. 어떻소, 이 거지와 말을 섞어보시는 것이?"

"누군가?"

붕걸은 안타깝다는 듯 코를 긁었다.

"내 나름대로 이름이 좀 알려져 있다고 생각했는데, 마공자께서 모를 정도면 좀 더 발바닥에 땀나도록 뛰어다녀야겠구려. 붕걸이라 하오. 거지 대장이지."

"붕걸, 붕걸……. 그래, 들어본 적이 있군. 나와 말을 섞겠다? 그럴 자격은 있고?"

자존심을 건드리는 마공자의 말에도 붕걸은 전혀 동요하지 않았다.

되레 익살스럽게 웃으며 그의 말을 받았다.

"감히 이 천하에 마공자와 말을 섞을 자격이 있는 사람이 몇이나 되겠소이까? 다만, 그렇게 가려가며 말을 섞다 보면 마공자께서는 평생 한마디도 하기 힘드실 테니, 이 거지가 부족타 마시고 말을 나눠보심이 어떠실는지요?"

마공자가 처음으로 소리를 내어 웃었다.

"그렇군. 확실히 옳은 말이다. 그 말만으로도 그대가 나와 말을 섞을 자격이 있다는 것이 증명되었군. 말해보지."

"우리가 마공자의 말을 어찌 믿어야겠습니까?"

인사를 할 때와는 다르게 붕걸을 직접적으로 물었다.

앞뒤에 붙어야 할 현란한 수사를 모두 배재한 물음에 마공자는 간단하게 대답했다.

"그저 믿으면 된다."

"그 말로는 부족하지 않겠소이까?"

"크크크."

마공자는 가볍게 웃었다.

하지만 그 가벼운 웃음이 준 여파는 결코 작지 않았다.

붕걸은 등 뒤를 훑고 지나가는 서늘한 소름에 경련했다.

주위를 보니 나머지 이들도 마찬가지인 모양이었다.

모두가 질린 얼굴로 마공자 하후상을 바라보고 있었다.

"봉연아."

"예, 마공자시여."

"아무리 이곳이 마련이 아니라지만 내 말이 전혀 무게를 갖지 못하는 것 같으니, 가슴 아픈 일이구나."

"안타까운 일이나 곧 안타깝지 않게 될 일입니다. 얼마 지나지 않아 이들은 마공자의 말이 가지는 천금의 무게를 실감하게 될 것이고, 지금 이 말을 의심했던 것을 뼛속 깊이 후회할 것입니다."

"그렇게 될 것 같으냐?"

잠시 침묵하던 봉연이 고개를 저었다.

"아닙니다. 제가 잘못 생각한 것 같습니다. 이들은 결코 마공자의 말씀에 담긴 무게를 알지 못할 것입니다."

"어째서?"

봉연이 무감정한 눈으로 그들을 포위하고 있는 자들을 둘러보았다.

"감히 마공자의 말씀을 의심한 바. 이들은 천하에서 가장 고통스러운 죽음을 맞게 될 것입니다. 제가 그렇게 만들겠습니다."

송검은 웃어버리고 싶었다.

송검이 딸을 낳았다면 저 아이보다 훨씬 나이가 많았을 것이다.

차마 여인이라 말하기도 뭣한 계집아이가 정천맹의 주인들을 둘러보며 죽음을 입에 담고 있었다.

망발.

하지만 송검은 그녀의 말을 제지하지 못했다.

되레 어쩌면 그 말이 현실이 될지도 모른다는 상상을 할 수밖에 없었다.

그만큼이나 그녀의 말은 확신을 가지고 있었고, 스스로 하고 있는 말이 이루어지지 않으리라는 의심은 티끝만큼도 보이지 않았다.

"너는 때로 너무 과격하구나. 그래도 여인인데 생각을 좀 더 곱게 해야지."

"마공자께서 명하신다면 그리하겠습니다."

"그래. 그리고 그것은 나중 일이 아니더냐. 지금 이들을 믿게 하려면 어찌해야 할까?"

"간단한 일입니다."

"말해보거라."

"지금 눈앞에 있는 놈들 중 적당히 강해 보이는 놈을 두엇 죽인다면 마공자께서 굳이 거짓을 말할 필요가 없는 분이라는 것을 모두가 이해할 수 있을 것입니다. 마공자께서 나서실 필요도 없습니다. 명하신다면 제가 즉시 이들 모두가 마공자의 말씀을 믿게 만들겠습니다.”

붕걸은 멍한 눈으로 봉연을 바라보았다.

강해 보이는 두엇?

대놓고 붕걸과 송검을 이야기하고 있는 것이 아닌가.

지금 겨우 약관이나 넘었을 듯한 소녀가, 아무리 임시라지만 정천맹의 맹주와 부맹주를 죽이겠다고 말하고 있는 것이다.

꿈이라고 하기에도 너무 황당했다.

“좋은 방법이기는 하다. 하지만 번거롭구나.”

번거롭다?

그럼 하려면 할 수는 있다는 말인가?

‘미친놈들.’

붕걸은 차마 입 밖으로는 뱉을 수 없는 욕지거리를 안으로 삼켰다.

더 쓴 것은…….

차마 어디 한 번 해보라고 호기롭게 소리칠 수가 없다는 것이었다.

쪽박은 깨져도 자존심이 깨져서는 안 된다고 믿고 살아왔던 그의 좌우관이 송두리째 박살 나는 기분이었다.

“더 좋은 방법이 생각났다. 들어보겠느냐?”

“영광입니다.”

"보여주는 것이지."

"더없이 좋은 방법입니다."

송검은 짜증이 났다.

이 두 연놈의 대화는 속을 뒤집어놓는다.

아니, 그 정도가 아니라 정말 이해하기가 힘들 지경이었다.

정신 나간 소리를 늘어놓는 년이나 그걸 그럴싸하다고 말하는 놈도 짜증났지만, 더 정신 나간 소리를 늘어놓는 놈이나 그걸 금과옥조로 여기는 듯한 년이 하는 짓거리가 그의 수양을 깨어놓고 있었다.

"대체 뭐⋯⋯."

원래 하려던 말은 '대체 뭐하자는 짓거리요' 였다.

하지만 그 말이 채 새어 나오기도 전에 뿜어져 나온 거친 기파가 그의 입을 틀어막았다.

"뭐, 뭔!"

송검은 차마 말을 잇지 못하고 검을 뽑아 들었다.

하지만 그 검은 휘둘러지지 못하고 그저 앞을 막아서는 데 사용되어야 했다.

마공자에게서 뿜어져 나온, 섬뜩하고 농밀한 마기가 금방이라도 그의 몸을 터뜨릴 듯 다가오고 있었던 것이다.

"피, 피해랏!"

"달아나!"

뭔가 공격이 있던 것이 아니었다.

그저 몸 안에 있던 기운을 내뿜었을 뿐.

아니, 따지자면 갈무리해 눌러두던 기운을 풀어놓았을 뿐인지도 몰랐다.

단지 준비 동작이나 다름없는 그 행위 하나가 불러일으킨 파급력은 그야말로 엄청났다.

결코 뽑지 않으려 애썼던 송검의 애검은 마공자의 마기를 버티지 못하고 자잘하게 금이 가 겨우 형태만 유지하고 있었다.

붕걸이 뽑아 든 타구봉은 이름난 신병이기답게 망가지지는 않았지만, 그 반탄력 덕분에 붕걸의 손목이 부어오르고 있었다.

그들이 그럴진대 다른 이들은 어떻겠는가.

불과 오 장여의 거리만을 유지하고 있던 포위진이 일순간 이십여 장 가까이 넓어졌다.

더 우스운 것은 마공자에게서 달아나던 이들이 서로 얽히고설켜 부상을 입기까지 했다는 것이다.

자잘한 경상을 입은 이들은 다행히 포위망 밖까지 물러날 수 있었지만, 기혈이 뒤틀리고 짓밟힌 이들은 넓어진 포위망과 마공자 사이에 쓰러져 경련하고 있었다.

그런 이들이 못해도 오십은 되리라.

창피한 일이었다.

하지만 송검은 그들을 나무라지 못했다.

그들을 나무라기엔 쩍쩍 금이 간 그의 애검이 눈에 밟혔다.

'사람이 아니다.'

조금 전까지와는 또 달랐다.

지금 송검의 눈에는 마공자가 사람으로 보이지 않았다.

피육으로 이루어진 사람이라면 이럴 수는 없다.

이럴 수는 없는 법이다.

어미 뱃속부터 무학을 닦아왔다 해도 저 나이에 저런 무위를 갖출 수는 없다.

불공평하다.

너무도 불공평하다.

"조금 이해가 되나?"

송검은 끄덕여지려는 머리를 필사적으로 곧추세웠다.

하지만 다른 이들은 그러지 못한 모양이다.

주변으로 물러선 이들은 자신들도 모르게 정신없이 고개를 끄덕이고 있었다.

"내가 마음만 먹는다면 굳이 계략을 짤 필요도 없지. 그대들이 나 하나를 감당할 수 있다는 보장이 있나?"

굴욕적인 말이다.

하지만 반박할 수 없는 말이었다.

방금 마공자가 보여준 기세라면 여기 있는 모두가 달려든다고 해도 그의 목을 취할 수 있다는 보장이 없을 테니까.

"쉬운 길을 놔두고 굳이 먼 길을 돌아갈 필요는 없지. 그저 내가 이곳에 살아 있는 자가 있는 것을 용납지 않겠다 말하면 그리될 테니까. 내 손을 쓸 필요도 없이 말이야."

화를 내야 한다.

이를 갈아야 한다.

하지만 그러지 못했다.

납득해 버린 것이다.

마공자가 하는 말이 거짓이 아니라는 것을.

"그런데 왜 내가 굳이 거짓을 말하겠나?"

"……"

"나 정도 되면 거짓을 말할 이유가 없어지지. 설령 거짓을 말한다 해도 어떤가. 그 거짓을 진실로 바꾸어 버리면 그만인데."

송검은 물론, 평소 말로는 질 사람이 없다던 붕걸조차도 아무 대꾸를 하지 못했다.

"자, 이제 다시 말해보지. 지금도 내가 굳이 이곳까지 찾아와서 쓸데없이 거짓이나 늘어놓는다고 생각하는 사람 있나?"

대답은 없었다.

그리 생각한다 해도 그것을 마공자 앞에서 말할 수 있는 용기가 있는 자는 아무도 없었다.

"다행이군. 진심은 통하기 마련이지."

"그렇습니다."

마공자의 눈이 송검에게로 향했다.

"어떤가, 맹주? 이제 휴식을 주겠다는 내 말을 믿을 수 있겠는가?"

"……"

"대답해 보지."

송검은 굴욕적으로 고개를 끄덕였다.

"그렇소."

"좀 더 제대로 된 대답이었으면 좋겠는데? 믿는가?"

"믿……소."

"큭큭큭큭큭큭."

마공자가 어깨를 들썩이며 웃기 시작했다.

"들었느냐, 봉연아?"

"똑똑히 들었습니다."

"믿는다는구나. 저들이 내 말을 믿는다고 하는구나. 이토록 우스운 일이 또 있을까! 흐하하하하핫!"

송검의 안색이 검게 죽었다.

'미쳤어.'

지금까지와는 다른 의미였다.

눈앞의 이 작자는 확실히 제정신이 아니었다.

자신을 바라보는 눈에 광기가 넘실대고 있었다.

"믿어? 나를 믿는다고? 네놈들이 감히 나를 믿는다고?"

"……."

"보거라, 봉연아. 자신들의 죄가 무엇인지도 모르는 배덕자들이 살겠답시고 내 앞에서 꼬리를 흔들고 있구나. 우습다. 이 광경이 너무 우습고 서글퍼서 어찌할 수가 없구나."

"원래 그런 자들입니다. 마공자께서 실망하실 일이 아닙니다."

"그렇겠지. 그래, 원래 그런 작자들이었지."

마공자의 웃음이 뚝 끊겼다.

"기대를 품은 건 아니지만, 실망스러운 것은 어찌할 수가 없구나. 어쩌겠느냐, 그래도 그들이 지킨 이들에게 최소한의 가치는 있을 것이라 바랐건만."

"마공자……."

"아니, 아니다. 헛된 바람이겠지."

마공자는 주위를 둘러보며 말했다.

"내 말은 지킨다. 최소 삼 일간의 시간을 주지. 그 삼 일 동안 마련은 결코 이 땅을 밟지 않을 것이다. 그러니 너희는 안심하고 쉬어도 좋다. 이 말은 나 마공자 하후상의 이름을 건 선언이다."

마공자 하후상의 선언.

그 말은 이곳의 모두를 납득시켰다.

평소라면 의심부터 하고 보았을 이들마저도 마공자의 입에서 나온 말을 의심하지 못했다.

그만큼이나 하후상이라는 존재는 거대했다.

"그럼… 길지 않은 휴식을 마음껏 누리길 바라지."

하후상은 천천히 몸을 돌렸다.

뒤쪽에서 그를 포위하고 있던 자들이 자신들도 모르게 한 걸음 뒤로 물러났다.

저벅.

저벅.

한 걸음, 한 걸음이 이어지자 포위하고 있던 이들이 우르르 좌우로 물러났다.

무인들 사이로 길이 열렸다.

'마치 환송하는 것 같군.'

저 길을 걷는 이가 적이라고 누가 생각하겠는가.

하후상은 당연하다는 듯 그 길을 천천히 걸어 천막으로 향했다.

"저……."

떠나는 하후상을 향해 누군가 조심스레 물었다.

"사, 삼 일 뒤에는 어떻게 되는 겁니까?"

송검의 얼굴이 일그러졌다.

그걸 왜 묻는단 말인가.

몰라서 묻는 건가?

하후상은 물은 이를 살짝 보더니 가볍게 웃었다.

"글쎄, 어찌 될까?"

으음, 잠시 고민하는 듯하던 하후상이 입을 열었다.

"두 가지 경우가 있겠지. 하나는 지금처럼 마련을 상대로 싸워야 할 수도 있겠고……."

"……."

싸운다?

마련과?

하후상과?

질문을 한 자가 몸을 부르르 떨었다.

조금 전까지만 해도 그들의 사기는 충천해 있었다.

마련과 싸운다 해도 결코 지지 않으리라는 자신감이 있었고, 그들의 손으로 마두의 목을 베어버릴 것이라는 호기가 있었다.

하지만 하후상을 본 순간부터 그런 호기는 이미 흔적도 없이 사라졌다.

저 괴물과 싸워야 한다고?

심장이 서늘하다.

"그리고 혹시 또 모르는 게 세상일이니."

하후상이 기묘한 미소와 함께 천천히 걸어 나갔다.

"동료가 될 수도 있지."

이곳의 그 누구도 하후상의 뒷말이 현실이 될 거라 생각하지 않았다.

오히려 그 말은 삼 일 뒤에는 전면전이 벌어지게 될 거라는 확실한 선언처럼 들렸다.

하후상의 모습이 마련의 천막 속으로 사라질 때까지 그들은 누구도 자리를 비우지 못한 채 하후상의 등을 말없이 바라보고만 있었다.

"굳이 그들에게 말을 할 필요가 있었겠습니까?"

하후상은 대답하지 않았다.

하지만 봉연은 재촉하지 않고 기다렸다. 하후상이 대답할 일이라면 대답할 것이고, 대답하지 않을 일이라면 대답하지 않을 것이다.

재촉하든 하지 않든 달라지지 않는다.

"차 한 잔 마실 시간을 주지 않는구나."

"속하가 주제넘었습니다. 부디 벌을 내려주십시오."

봉연이 바닥에 부복하려 하자 하후상은 손을 뻗어 그녀를 일으켜 세웠다.

"네가 자꾸 이러면 나는 너를 탓하지도 못하게 된다. 아느냐?"

"송구하옵니다."

하후상은 부드럽게 웃었다.

"너는 무례하지 않게 사람을 부려먹는구나. 세월이 지나다 보니 이런 것만 늘었어. 그럼에도 네가 밉게 느껴지지 않으니, 나도 냉정한 사람은 못 되는 모양이다."

다른 이들이 들었다면 코웃음을 쳤을 것이다.

중원의 무인들뿐 아니라 마련의 마인들조차 학살한 마공자였다.

마인들조차 그를 피도 눈물도 없는 냉혈한이라 두려워했다.

그런 마공자 하후상이 냉정한 사람이 못 된다?

천하의 누가 들어도 고개를 저을 말이었다.

하지만 그 말이 사실인 것도 부정할 수 없었다.

적어도 봉연을 대할 때만은 그는 냉정한 사람이 되지 못했다.

봉연 역시 그것을 알고 있었다.

그녀가 아무리 오랜 기간 보필해 왔다고 하나 하후상은 그런 것에 연연할 사람이 아니었다.

아니, 오히려 오랜 기간 보필해 왔기 때문에 저지른 실수도 더 많았다.

다른 이라면 바로 목이 날아갈 실수도 수없이 저질렀다.

하지만 하후상은 봉연의 실수에 허허, 웃고 말 뿐이었다.

지금도 그랬다.

마련의 누구도 감히 하후상 앞에서 그의 행동이 잘못된 것이 아니냐 물을 수는 없었다.

목은 두 개가 아니니까.

오직 봉연만이 물을 수 있었다.

"왜 쉬라 말해주었는지 물었더냐?"

"그렇습니다."

"이유는 간단하다. 그들이 우리 때문에 벌써 칠 주야나 제대로 쉬지 못했기 때문이지. 그래서야 힘이 나겠느냐?"

심줄이 강철로 만들어져 정천맹 총단 앞에서도 제멋대로 자고 노는 마인들과는 다르게, 정천맹의 무인들은 그들 앞에 진을 친 마인들 때문에 쉬어도 쉬는 것이 아니었다.

팽팽하게 당겨진 신경을 칠 주야나 유지하느라 쓰러지기 직전일 것이다.

그나마 어느 정도 단련이 된 무인들이라 그 정도이지, 심력의 소모는 극심할 것이 빤했다.

"굳이 그들의 기력을 보충해 주어야 할 이유가 있습니까?"

"있지."

하후상은 차를 한 모금 머금고는 눈살을 찌푸렸다.

"좀 쓴 것 같지 않으냐?"

봉연의 얼굴이 딱딱하게 굳었다.

긴 여정 탓에 준비해 두었던 찻잎이 말라붙은 모양이었다.

"죄송합니다. 바로 새로 우려 오겠습니다."

"아니, 괜찮다. 이것도 나름 맛이 있으니. 그건 그렇고, 어디까지 이야기 했더라? 아. 그래."

하후상은 차를 한 모금 더 마시고는 말을 이었다.

"최상의 상태가 아니라면 마주 보는 것만으로 숨이 멎어버릴지도 모르니까."

"그럼……."

봉연은 그제야 하후상이 그리고 있는 그림을 알 수 있었다.

"이곳에서?"

"그럴 거다."

봉연의 몸이 미미하게 떨렸다.

이마에서는 식은땀이 맺히기 시작했다.

'그'를 마주해 본 적이 있는 자라면 모두가 비슷한 반응을 보일 것이다.

아니, 봉연의 반응이 되레 담대하다 할 수 있었다.

눈을 까뒤집고 기절하는 자도 분명 있을 테니까.

"토끼가 사자를 상대하려면 잘 쉬기라도 해야지. 잠도 못 잔 토끼가 사자의 울부짖음에 심장이 멎지 않으려면 말이다."

하후상의 나직한 웃음소리를 들으며 봉연은 닭살이 오른 팔을 쓸어내렸다.

하후상의 끝을 알 수 없는 심계가 그녀를 환희에 젖게 했지만, 다른 한편으로는 곧 이곳에서 펼쳐질 지옥이 두렵기도 했다.

'믿는 거야.'

그 누구라도 하후상의 손에서 벗어날 수는 없다.

그 누구라고 해도!

하지만…….

맹신이라 해도 좋을 만큼 하후상을 믿는 그녀라고 해도 이번만큼은 확신을 할 수 없었다.

그만큼 그들이 맞아야 할 적은 너무도 위대하고…….

너무도 거대했다.

76장
연합(聯合)

"이렇게밖에 안 되나……."

제갈휘는 혀를 찼다.

사천에서 하남까지의 거리가 얼마인가.

바로 당도할 수 있을 거란 생각은 애초에 하지도 않았다.

하지만 그렇다 해도 이미 칠 주야가 지났는데 겨우 반을 넘어 왔다는 것은 너무도 더뎠다.

"속도를 조금 더 올리면 어때?"

매검의 말에 제갈휘는 고개를 저었다.

"지금도 한계다. 조금이라도 서두르면 낙오자가 나올 거야."

"조금은 버리고 가도 되지 않나?"

"다들 한계까지 몰아붙이고 있어. 한 사람이 낙오하는 순간, 줄줄이 낙오할 거다. 반수를 버리고 가겠다면 그것도 방법이겠지만, 그게 아닌 이상은 이 속도가 한계야."

"너무 늦는데……."

매검은 초조한 기색을 드러냈지만, 속도를 더 올리자고 하지는 않았다.

이런 부분에 있어서 제갈휘에 대한 신뢰는 그만큼 확고한 것이었다.

"미안하네."

강호의 선배로서 할 말은 아니지만, 당와는 자신도 모르게 사과하고 말았다.

가장 발목을 잡고 있는 이들이 당가이다 보니 면이 서지 않는 것이다.

"너무 오래 당가타에 박혀 있었군. 나도 이렇게 우리 아이들이 체력이 약할 줄은 몰랐다네."

제갈휘가 되레 정색했다.

"그게 어찌 당가의 잘못이겠습니까. 무학의 방식이 다른 것뿐이지요."

"그래도……."

"당가가 나약했다면 저는 당가를 버리고 갔을 것입니다. 시간이 걸리더라도 당가의 독과 암기는 반드시 필요합니다. 그러니 그런 말씀 마십시오."

"알겠네."

제갈휘의 말에 무너졌던 자존심이 조금은 살아나는 기분이었다.

당화는 제갈휘를 보며 미묘한 표정을 지었다.

'우스운 일이군.'

당장 목을 쳐도 시원치 않을 강호공적과 대화를 나눈 것은 물론, 그들에게 되레 위로를 받고 있었다.

천하의 이들이 본다면 뭐라고 할까?

'뭐라 하든 상관없지.'

공적이고 뭐고, 당장 강호가 무너지게 생겼는데 무슨 상관이란 말인가.

누구도 자신들을 욕하지는 못할 것이다.

"얼마나 더 걸리겠는가?"

남궁장천이 물었다.

"사오 일."

"그렇게나?"

"속도를 더 내라고 한다면 더 낼 수는 있습니다. 하지만 그렇게 간다면 도착하자마자 이미 전력이라고 부를 수 없게 됩니다. 한창 마련과 정천맹이 싸우고 있는데 도와주러 왔답시고 도착하자마자 거품 물고 쓰러지면 마련 놈들만 좋아하겠지요."

"으음……."

남궁장천은 안타까운 기색이 역력했지만, 역시나 재촉하지는 않았다.

"정천맹이 버텨주길 바라는 수밖에."

그때, 그들의 곁으로 다가오는 인영이 있었다.

"뭐래?"

"아직이다."

"다행이군."

제갈휘는 나직하게 한숨을 내쉬었다.

그나마 가장 체력이 남아도는 유진천을 가까운 개방 지타로 보내 정보를 얻고 있었다.

아직 교전이 벌어졌다는 소식이 들어오지 않았다는 것은 기꺼운 점이었다.

"뭐라든?"

"총단 앞에 천막을 치고 농성 중이라더군."

"농성이라……."

이럴 때 농성이란 말을 쓰던가?

제갈휘는 쓰게 웃었다.

겉으로 보기에는 농성이라 할 수 있겠지만, 실제로 쳐들어가기만 하면 모든 것을 해결할 수 있는데 그저 기다리기만 하는 이들을 뭐라고 표현해야 할까?

"뭘 노리는 걸까?"

"모르겠다."

제갈휘는 하후상을 저주했다.

도무지 그놈의 머리에 뭐가 들어앉아 있는지 알 수가 없었다.

읽었다 생각하면 비껴 나가고, 찾았다 생각하면 다른 수가 숨어 있다.

"신기제갈(神技諸葛)은 얼어 죽을."

그는 하후상의 발끝도 따라가지 못하고, 그의 아버지는 하후상의 전략에 농락당해 죽었다.

머리 하나로 먹고산다는 제갈세가의 체면이 땅에 떨어진 것이다.

그나마 다행인 점은 조금만 그들이 늦게 도착한다면 체면을 걱정할 필요는 없다는 것 정도?

죽은 이에게는 체면이 중요하지 않을 테니까.

"잘하는 짓인지 모르겠군."

"동감이다."

매검에 말에 제갈휘는 답지 않게 고개를 끄덕였다.

무위가 높은 자들을 일차로 선별해서 먼저 도착하게 하자는 의견이 있었다.

하지만 제갈휘가 반대했다.

그럴 경우, 후방을 노리는 타격대가 다가온다면 전멸을 면치 못할 것이라는 이유에서였다.

그들은 따지자면 보급대다.

보급대를 노리는 것은 전장의 기본이 아니던가.

그 이유 때문인지 아닌지 아직까지 습격은 없었다.

좋아해야 할 일이건만, 하후상이 무슨 생각을 하고 있는지 알 수가 없으니 되레 가슴이 무거웠다.

"그놈은 무슨 생각을 하고 있는 걸까?"

"미친놈 속을 누가 알겠어."

매검의 짜증 섞인 대답을 들으며 제갈휘는 유진천을 바라보았다.

'뭔가 알지 않을까?'

몇 번이고 물어도 대답을 하지 않았다.

하지만 유진천은 뭔가 알고 있는 것 같다는 느낌이 자꾸만 들었다.

그 증거로 어떤 일에도 평정심을 잃지 않는 유진천의 얼굴이 딱딱하게 굳어 있지 않은가.

저토록 긴장한 유진천을 보는 것은 처음이었다.

"정말 짐작 가는 게 없나?"

유진천은 고개를 저었다.

"짐작 가는 바는 있다."

"그럼?"

"그런데 그건 알아도 의미가 없고, 몰라도 의미가 없다."

"무슨 소리야?"

"만약 마공자가 노리는 게 내가 짐작하는 것이라면, 알든 모르든 결과는 같다는 거다."

"……."

이게 무슨 뜬구름 잡는 소리란 말인가.

뭔가 항변하려던 제갈휘의 입이 다물어졌다.

'설마?'

아니겠지.

아닐 것이다.

하지만 그렇게 생각하면 지금까지 이해할 수 없던 마공자의 행동과 마련의 미친 짓거리들이 모두 설명된다.

"아니겠지."

제갈휘의 마지막 말은 그저 기대였다.

"서두르……."

서두르자는 말이 차마 나오지 않았다.

만약 유진천과 제갈휘의 짐작이 맞다면, 하남은 사지(死地)였다.

그것도 전례 없는 지옥도가 펼쳐질 것이다.

제 발로 그 곳으로 걸어 들어가는 것도 미친 짓인데, 서둘러 가기까지 해야 하는가.

"서두르자."

차마 내뱉지 못한 말을 마저 해준 것은 유진천이었다.

하지만 제갈휘는 고맙다고 말하지 못했다.

'입 다무는 게 낫겠군.'

거짓을 말할 수 없으니 차라리 입을 다무는 게 나을 것이다.

왜 지금까지 유진천이 명확하게 말을 해주지 않았는지 이해할 수 있었다.

아는 것보다 모르는 게 나을 테니까.

천근만근 무거워지는 발을 느끼며 제갈휘는 이를 악물었다.

"가자!"

그들이 조금 더 빨리 질주하기 시작했다.

사흘은 순식간에 지나갔다.

송검은 떨떠름한 얼굴로 도열한 무인들을 바라보았다.

마공자가 헤집고 간 덕분에 도리어 제대로 쉬지 못할지도 모른다 생각했건만, 그의 예상과는 다르게 무인들은 전쟁이 끝이라도 난 것처럼 푹 쉬었다.

곳곳에서 음주가무가 벌어지기도 했다.

평소였다면 두고 보지 못할 일이었지만, 송검은 그들을 막지 않았다.

이 긴장감을 풀어낼 수 있다면 무슨 방법이든 좋았다.

그들은 마치 세상의 마지막을 맞이한 것처럼 먹고 마시며 늘어지게 잠을 잤다.

'아군보다 적이 더 믿음직하다는 건가?'

아무리 교대로 쉬어야 한다고 소리치고 독려해도 불안함을 감추지 못하던 이들이 마공자의 한마디에 늘어지듯 쉬는 것을 보니 가슴이 착잡하기 그지없었다.

하지만 덕분에 전력을 온전히 끌어 올릴 수 있었으니, 고맙다고 해야 할 일이리라.

언가와 악가가 도착했고, 오독문과 해남파마저 도착했다.

긴장감 없는 정천맹의 분위기에 그들 또한 당황하기는 했지만, 그 낯 뜨거운 사정을 설명해 준 이가 있었기에 별다른 마찰 없이 넘어갈 수가 있었다.

이해는 못하겠지만 결과가 있으니 믿지 않을 도리가 없었으리라.

다만, 그를 향하는 불신에 찬 시선은 감수해야 했다.

어쩌겠는가, 송검도 설명할 도리가 없는데.

사흘이 지났지만 아직 마련은 움직임이 없었다.

적어도 사흘간이라고 했으니 사흘이 지났다고 해도 바로 공격한다는 말은 아니었다.

바뀐 점은 병력을 절반으로 나누어 교대로 경계를 하는 비상체제로 돌입하는 것뿐이었다.

그리고 하루의 시간이 더 지나서야 마련의 천막이 걷혔다.

비어 있는 건물을 점령하고 있던 마인들이 정천맹 앞에 도열하기 시작했다.

정천맹도 그에 맞춰 연무장에 모두 도열했다.

불과 삼백여 장을 사이에 두고 천하를 지배하는 정천맹과 천하를 겁박하는 마련이 마주 선 것이다.

정천맹의 가장 선두에는 송검과 붕걸이 섰다.

그 뒤를 각 문파의 수장들이 지켰다.

"시작이구려."

붕걸의 말이 송검의 심장을 조여왔다.

시작.

그래, 시작이다.

오늘 이곳에서 천하의 안위를 결정할 건곤일척의 승부가 벌어질 것이다.

"승산은 어떨 것 같습니까?"

"삼 할이나 되겠소이까?"

"역시 그렇지요?"

"삼 할도 천운이 따라줄 때야 가능한 것 아니겠소."

붕걸의 평가는 짜디짰다.

하지만 송검은 굳이 평가가 짠 것이 아니냐 묻지 않았다.

붕걸의 입에서 그것도 높게 잡은 것이라는 말이 나오면 그부터 고개를 떨구고 말 테니까.

짐작하고 있을 것을 알면서도 태연히 거짓말을 하는 자와 거짓말인 것을 알면서도 고개를 끄덕일 수밖에 없는 자.

그 둘이 정천맹의 맹주와 부맹주라는 것이 쓰라리다.

'다만, 이것이 끝이 아니다.'

비록 패배로 끝난다고 해도 중원이 무너지는 것은 아니었다.

심대한 타격만 줄 수 있다면 아직 천하에 산재한 기인이사들과 중소 문파들이 마련을 물고 늘어질 것이고, 결국 그들은 신강으로 돌아가지 못할 테니까.

그 모든 가정에 이곳에 모인 이들의 죽음이 전제된다는 것이 서글플 뿐.

마련의 마인들이 좌우로 갈라지더니, 마공자가 천천히 걸어 나왔다.

마인들이 어디선가 태사의(太獅椅)를 가져다 놓았고, 마공자는 태연히 태사의에 앉아 차를 마시기 시작했다.

송검은 그 태연한 작태에 한마디 하고 싶었지만, 입을 여는 것조차 부담이 되어 차마 말을 건네지는 못했다.

'그릇이 아니야.'

스스로 생각하기에 정천맹주라는 부담 가득한 직책을 맡기에는 자신의 그릇이 너무 작았다.

이 자리에 어울리는 자는 천검 자영이나 전임 맹주 정도였다.

아니, 적어도 군사 제갈진이나 천당주인 위지군악만 되어도 그처럼 떨지는 않을 것이다.

그 많은 이들 중 이곳에 남아 있는 이가 하나 없다는 것이 안타까울 뿐이었다.

적어도 유명을 달리한 그의 두 사숙만 있었더라도 지금 이 자리에 그가 서 있지는 않았을 테니까.

"휴식은 잘 즐기셨나?"

마공자가 먼저 말을 걸어준 것이 고맙게까지 느껴졌다.

"덕분에."

마공자가 희게 웃었다.

"생의 마지막 휴식이 되었을 테니, 모쪼록 즐겁게 지냈으면 좋겠군."

송검은 마공자의 말을 받아쳤다.

"생의 마지막 휴식을 한 것이 누가 될지는 지나봐야 알 것이오."

"호오?"

마공자는 송검의 반격이 기껍다는 듯 웃었다.

"좋은 자세군, 아주 좋은 자세야."

나직한 그의 웃음소리가 삼백 장을 격해 들려왔다.

딱히 내공을 싣지 않았음에도 그 소리가 여기까지 들려온다는 것은 지금 이곳에 모인 이들이 하나같이 숨소리도 제대로 내지 않고 있다는 뜻이리라.

"하지만 그리 날을 세울 필요는 없을 텐데? 나는 딱히 그대들을 죽이려 하는 것이 아니니까."

"그럼? 마도천하에서 노예로라도 삼으시겠소?"

"그럴 생각이 있나?"

"죽는 게 낫겠지. 더러운 마인의 발아래 굴복하느니 말이오."

떨림이 치기가 되고, 치기가 도발이 된다.

하지만 송검의 도발에도 하후상은 전혀 흔들리지 않는 듯싶었다.

"저런, 저런, 안타까운 일이군. 마인들이 사납기는 해도 더럽지는 않거든. 나부터가 그런데, 인식을 좀 바꿀 필요가 있겠어."

"언제까지 이 시답지 않은 잡담을 할 생각이오?"

하후상은 차를 내려놓고 자리에서 일어났다.

송검과 붕걸이 움찔했다.

"먼저 몇 가지 이야기를 해야겠군."

"또 말이오? 그대는 말이 너무 많은 것 같군."

하후상이 손을 내저었다.

"지금 이 자리에 허세는 필요치 않아. 어차피 그런 건 통하지 않을 테니까. 그대들도 지금 내가 하는 말을 똑똑히 들어두는 것이 좋을 거야."

"……"

"먼저…… 그대들도 알고 있겠지? 내가 행한 병법이 이치에 어긋나 있다는 것을 말이야."

"……그렇소."

"적진 한가운데에 뛰어들어서 이리저리 날뛰어 도망갈 길을 틀어막았지. 좀 더 모여서 저항하라는 듯이."

송검은 고개를 끄덕였다.

정천맹의 병법가들이 모두 지적하는 부분이었다. 상리에 어긋난 병법을 쓰고 있다고 마음만 먹으면 좀 더 피해 없이 처리할 부분을 무리하게 이행해 양측의 피해를 모두 키우고 있다고.

결과적으로 정천맹은 시간을 벌었고, 병력을 집결시킬 수 있었다.

초반에야 그렇다 치고, 조금만 더 마련이 기민하게 움직였다면 여기에 있는 이들은 모두 산목숨이 아니었을 것이다.

"그럼……"

마공자의 말이 이어졌다.

"왜 그랬을 것 같나?"

송검이 인상을 찌푸렸다.

분석은 했다.

하지만 저 이유를 도무지 찾을 수가 없었다.

대답을 한 것은 송검이 아니라 붕걸이었다.

"일망타진이라도 할 생각이었겠지."

"일망타진이라……"

마공자는 어이없다는 듯 웃었다.

"왜 굳이 그래야 하지?"

"미쳤으니까?"

"음, 납득이 되는 답이기는 한데, 좋은 답은 아니군. 많이 멀어."

붕걸의 격장지계에도 마공자는 느물거릴 뿐이었다.

"간단해. 나는 여기에 좀 더 많은 이들이 모여줬으면 했거든. 지금 여기 모인 이들보다 더 많은 이들이 모였으면 좋았겠지만, 안타깝게도 예상보다 수가 조금 적군."

"어째서?"

송검은 자신도 모르게 묻고 말았다.

그리고 마공자는 친절하게도 답을 해주었다.

"그야 동료는 많을수록 좋은 것 아닌가?"

"동료? 이웃이라더니, 이제는 동료인가? 우리가 당신의 동료가 될 것 같은가?"

마공자는 지체 없이 고개를 끄덕였다.

"물론."

"미쳤군."

송검의 독설에 마공자는 난처하다는 듯 도리질 쳤다.

"이해 못하겠지. 하지만 곧 알게 될 거야. 조금만 더 시간이 지나면 그대들은 제발 내가 살아 있기를 빌게 될 거야. 부모보다 나의 존재가 더 소중하게 느껴질걸?"

"그게 대체 무슨 개소리요!"

"살고 싶을 테니까."

"……."

송검의 귀가 붉게 달아올랐다.

"정천맹을 얼마나 얕잡아 보는지 모르겠지만, 우리가 당신 같은 마인에게 목숨을 구걸할 것 같소이까?"

"아니."

마공자는 답답하다는 듯 얼굴을 찌푸렸다.

"이해를 못하는군. 내게 살려 달라고 빌게 될 거라는 말이 아니라, 살고 싶으니 동료인 나의 무사안녕을 바라게 될 거라는 말이야. 원래 강한 동료가 살아 있어야 생존을 도모하기 좋잖아?"

대화가 이상하다.

송검은 마공자와 자신이 다른 것을 말하고 있다고 느꼈다.

붕걸 역시 마찬가지였던 모양이다.

"지금 마공자는 우리가 힘을 합쳐 무엇인가와 싸운다고 말하고 있는 거요?"

붕걸의 말에 마공자의 얼굴이 환해졌다.

"이제야 말귀를 알아먹는군."

"우리가 어째서?"

"몇 번을 말하는가. 살고 싶을 테니까."

붕걸이 신음을 흘렸다.

"그러니까, 지금 마공자의 말대로라면 정천맹과 마련이 생존을 위해 힘을 합쳐 싸워야 할 만한 세력이 있다는 거요?"

"반은 맞고, 반은 틀렸지."

"뭐가 말이오?"

"정천맹과 마련이 손을 잡아야 할 만한 세력이 있을 리 없지."

"그런데 대체 뭔 소리를 하는 거요?"

답답해하는 붕걸의 외침에 마공자는 서늘하게 웃었다.

"하지만 사람은 있지."

"……."

반박하려던 붕걸이 입을 다물었다.

짧은 시간 동안 그의 표정이 몇 번이고 변했다.

"서, 설마……."

"왜 아니겠어?"

"그, 그래서 이 많은 이들을 이곳으로 끌어모은 거요?"

"그렇지."

"이곳으로 '그'가 온다고?"

"지금 오고 있는 중이지."

송검이 의아한 표정으로 붕걸을 바라보았다.

"무슨 말이오?"

하지만 붕걸은 새하얗게 질린 얼굴로 '그럴 리가 없어'라는 말을 몇 번이고 중얼거릴 뿐, 송검의 물음에 대답해 주지 않았다.

"부맹주!"

"그, 그럴 리가 없어. 그는, 그는… 이곳에 오면 안 되는데,

그가 오면 안 되는데……."

하얗게 질려 있던 붕걸의 얼굴이 검게 죽어갔다.

그것만으로도 그가 지금 얼마나 큰 혼란과 공포를 겪고 있는지 짐작할 수 있을 정도였다.

"왜 이러시오!"

송검이 붕걸의 어깨를 움켜잡았다. 그러면서 마공자 하후상을 노려보았다.

어찌 말 몇 마디로 백전노장인 개방주 붕걸을 이리 무너뜨릴수 있단 말인가.

"무슨 수작을 부린 거냐?"

하후상은 혀를 찼다.

수작?

수작이라고 할 게 있을까?

그냥 사실을 말했을 뿐인데…….

"봉연아."

"예."

"그것 보거라. 내가 말한 그대로지 않느냐?"

"그렇습니다. 토끼는 토끼인 모양이지요."

"휴식이라도 주지 않았다면 지금 저 작자가 살아 있겠느냐? 벌써 거품이라도 물고 쓰러졌겠지."

"일백 년의 시간 동안 저들은 배운 것이 없는 모양입니다."

"그러니 안타까운 일이지."

"저들 말입니까?"

"아니. 그들 말이다."

봉연은 그들이 누구를 지칭하는지 알 수 있었다.

저 버러지 같은 것들을 지키겠답시고 죽어간 이들을 말하는 것이리라.

마공자에게는 타인이되 타인일 수 없는 이들이었다.

"대체 뭔 소리를 늘어놓고 있는 거요!"

송검의 고함에 마공자는 혀를 찼다.

"제갈진이 여기에 있었으면 좋을 뻔했군. 이럴 줄 알았다면 무능하다고 면박을 주지 말걸 그랬어. 개중에 제일 유능한 사람이라는 걸 알았다면 정천맹의 머리를 바꾸지 않았을 텐데 말이야."

"이익!"

광분하려는 송검을 진정시킨 것은 떨리는 봉걸의 손이었다.

"부맹주!"

부들부들 떨리는 봉걸의 손이 송검의 어깨를 꽉 움켜잡았다.

어찌나 힘이 들어갔는지 송검이 절로 인상을 찌푸릴 정도였다.

몇 번이고 입을 달싹이던 봉걸이 제 허벅지를 두어 번 내려치더니, 아랫입술을 깨물었다.

피가 흘러나왔지만, 개의치 않는다는 듯 몸을 세운 봉걸이 나직하게 물었다.

"그가 오는 것이오?"

"그렇지."

"정말 '그' 가?"

"그렇다고 하지 않나."

붕걸의 눈이 차게 빛났다.

"우리가 그걸 어찌 믿소?"

"믿을 필요 없지. 곧 겪게 될 테니까. 음, 아냐. 마음의 준비를 해야겠지. 그럼⋯⋯."

마공자의 손이 천천히 들어 올려져 자신의 등 뒤로 향했다.

"보면 알겠지?"

"⋯⋯."

그랬다.

알 수 있었다.

보면 알 수 있는 것이다.

마공자의 뒤에 도열해 있는 마인들을 보면 알 수 있었다.

정천맹을 어린아이 다루듯 농락했던 마인들이 지금 공포와 절망에 질려 후들거리는 다리를 필사적으로 억누르고 있는 것만 보더라도 알 수 있는 일이었다.

저 칼 같은 도열이 무엇을 위해 이루어진 것인지 짐작할 수 있는 머리가 있다면, 마공자가 거짓을 논하고 있지 않다는 것을 알 수 있을 것이다.

피와 살육을 탐닉한다는 마인들이 지금 마치 범을 만난 하룻 강아지처럼 벌벌 떨고 있는데, 어찌 믿지 않을 수가 있겠는가.

하지만 그래도 이해가 가지 않는 점이 있다.

"그는 그대들의 편이 아니오?"

"편? 흐하하하하핫!"

마공자가 광소를 토해내었다.

너무나도 우스워 참을 수 없다는 듯 눈물마저 찔끔 빼며 웃어 젖히고 있었다.

"흐하하하핫! 그거 걸작이로군. 편이라, 편."

마공자의 눈이 붕걸에게로 향했다.

그 눈에서 보이는 미약한 적의.

붕걸은 그의 적의가 자신에게로 향한다는 사실보다 지금까지 어떠한 동요도 보이지 않던 마공자가 전혀 의도하지 않던 부분에서 그 감정을 드러내고 있다는 것에 당황했다.

"굉장한 상상력이군. 편이라……. 이봐, 당신은 백 년 전에 맺어진 계약을 알고 있는 것 같은데?"

"그렇소. 내 위치에서는 모를 수가 없는 일이지."

"그래, 그 계약의 대가가 무엇이지?"

"그야……."

천하(天下).

말하기는 쉽지만, 그 뜻을 정하기는 너무도 어려운 두 글자다.

"그 대가에 마련은 속하지 않는다고 생각하는 건가?"

"……."

붕걸의 입술이 부르르 떨렸다.

그러고 보니 그랬다.

천하란 마(魔)도 포함하는 단어가 아닌가.

지금까지 편을 갈라 싸워온 시기가 길었기 때문일까?

그가 온다면 마련을 이끌고 중원을 침공해 올 것이라 생각했다.

그는 마련의 주인이니까.

하지만……

붕결은 깨달았다.

그가 말하는 천하는 마(魔)조차도 포함한 것.

정천맹뿐 아니라 마련도 그의 손아귀에서 벗어나지 못한다는 것을 말이다.

"농담이 아니로군."

"감히 그를 대상으로 농담을 할 수 있겠나?"

"그래, 그렇지. 아무리 당신이라도 그럴 수는 없지. 그는 그만큼이나 무섭고 두려운 존재니까."

"마치 겪어본 것처럼 이야기하는군."

"……"

"이봐, 잘 들어, 거지 양반. 그는 그런 단어들로 표현할 수 있는 존재가 아니야. 가장 가까이서 그를 보아왔다고 생각하는 나조차도 당대를 살아온 이들에게 '그'를 알지 못한다면 면박을 받게 만드는 존재라고. 물론 나는 반박하지 못했지. 그게 사실이니까."

붕결은 침음성을 삼켰다.

"그는 불가해(不可解)고, 또한 미증유(未曾有)지. 차라리 천재지변에 가까운 존재야."

"전해진 대로라면 당신의 표현이 맞지."

"이해를 못하는군."

"무슨 소리요?"

"그 전해진 시기가 언제지?"

"나를 바보로 아는 거요? 백 년 전 아니오!"

"그래, 백 년 전이야. 당신이 만약 백 년 동안 수련을 멈추지 않았다면 지금쯤은 어떨 것 같아?"

"그건······."

붕걸은 입을 닫았다.

백 년.

그는 백 년 전에도 고금제일의 고수이자 고금제일의 악마였다.

역대 그 어떤 무인을 가져다 댄다고 해도 그 비교가 무의미할 정도의 절대적인 무인.

그에게 백 년의 시간이 더 주어졌다.

그럼 지금은 어떨까?

그 무로 똘똘 뭉친 것 같은 무의 화신에게 시간마저 주어졌다면 대체 어떤 결과가 나올 것인가.

붕걸의 몸이 부르르 떨렸다.

"부맹주."

붕걸은 천천히 송검을 돌아보았다.

"지금 말하는 '그' 가······?"

"짐작하는 대로요."

송검은 눈을 질끈 감았다.

아무리 그가 강호사에 무지하다고는 하나 백 년이란 단어와 그들의 대화로 '그'의 정체를 미루어 짐작하지 못할 정도는 아니었다.

"살아 있는 것입니까?"

"모르셨구려."

"나, 나는 몰랐습니다. 시간이 이렇게나 흘렀는데 아직……."

"아마도 놀라고 있을 시간은 없을 것 같소."

붕걸은 주위를 둘러보았다.

그와 마공자의 대화에서 뭔가를 짐작한 이들이 사색이 되어 있었다.

짐작하지 못한 이들도 서로 대화를 나누며 웅성거리고 있었다.

마련주와 정천맹주가 마주치면 강호의 운명을 결정짓는 대회전이 벌어질 것이라 짐작하고 긴장했던 이들은 이상하게 돌아가는 상황에 신경을 곤두세우고 있었다.

"아는 게 낫겠지."

"하, 하나!"

"아는 게 나을 거요. 마음의 준비도 하지 못한 채 그를 마주친다면 무인으로서 보여서는 안 될 추태를 부리게 될 테니 말이오."

마공자가 혀를 찼다.

"그래, 마음의 준비는 하셨나?"

붕걸이 대답하지 않자 지금껏 눈치를 보고 있던 자들이 목소리를 높였다.

"대체 뭔 소리를 하는 것이오!"

"그가 대체 누구요?"

붕걸은 그들의 입을 틀어막으려 했지만, 하후상은 그에게 온 질문에 대답하는 것을 꺼리지 않았다.

"그가 누구냐고?"

별것 아닌 목소리였다.

별것 아닌 말이었다.

하지만 그 별것 아닌 목소리에 담긴 스산함이 세상을 침묵으로 가득 채워갔다.

꿀꺽.

침 삼키는 소리가 너무도 생생하게 들려온다.

"정말 모르는 건가?"

조용하다.

이 많은 인원들이 모여 있다고 말하기에는 너무도 조용하기만 했다.

"머리가 있으면 알 텐데?"

"……."

"생각을 해보면 알 수 있지. 감히 누가 홀로 마련을 상대할 수 있지? 감히 누가 있어 홀로 정천맹을 상대할 수 있을까?"

그 말을 듣는 중인들의 뇌리에 하나의 인물이 떠올랐다.

하지만 그럴 수는 없다.

그는 주화입마에 빠져 패퇴한 자니까.

그것도 백 년 전에.

"감히 누가 있어 마련과 정천맹이 살기 위해 연합하게 만들 수 있을까? 바로 열흘 전에 칼을 들고 서로 싸우던 자들을 말이지."

일부의 얼굴이 달아올랐다.

새삼 생각이 난 것이다.

지금 앞에 있는 마인들은 그들의 형제를 죽이고 그들의 스승을 물어뜯은 악귀들이다.

"저기 있는 맹주도 내 손에 사숙들을 잃었다고 했지. 나를 죽이고 싶을 거야. 하지만 지금은 어떤가? 어떻게 하면 좀 더 나를 잘 이용할 수 있을지 머리를 굴리느라 정신이 없지 않나? 큭큭큭, 왜 그런 것 같나?"

마공자의 목소리가 점점 커졌다.

"원한, 분노… 그따위 시시한 감정은 생존욕에 비하면 아무것도 아니지. 살고 싶다. 그 하나의 감정만이 남아버릴 테니까. 중원 전력의 반이 넘는 인원이 모였음에도, 역대 최강이라 할 수 있는 마련의 전 병력이 바로 이곳에 있음에도 지금 머릿속에는 '삶', 그 하나밖에 남지 않아. 왜? 지금 이곳에 오고 있는 이는 죽음이니까. 그대들의 죽음, 정천맹의 죽음, 마련의 죽음… 그리고 나의 죽음."

마공자의 말을 듣고 있는 자들은 숨 쉬는 것마저도 잊었다.

그만큼이나 마공자의 목소리에 담겨 있는 감정은 생생했다.

누구인가.

대체 누가 있어 저 무시무시한 마인마저 떨게 하는 것인가.

"알고 있지 않은가?"

"그만!"

"그밖에 없지."

"그만하시오, 하후상!"

"오직……."

하후상은 깊은 한숨을 내쉬었다.

그 뒤에 나올 한마디의 말이 무엇인지 모두가 짐작을 하면서도 아니길 바랐다.

"하후패밖에는."

파문.

그것은 파문이었다.

입에서 새어 나온 공기가 음성이 되어 흘러나온다.

음성은 동요가 되고, 동요는 공포가 되고, 공포는 파문이 되어…….

정천맹과 마련을 넘어 하남과 천하 전체로 퍼져 나갔다.

그리고 그 파문을 진정시킨 것 역시 하후상이었다.

"마제가 온다."

정적.

온 세상이 정적으로 물들었다.

"마제 하후패가 이곳으로 오고 있다. 그대들에게 죽음을 안기기 위해."

대부분은 그 말이 무슨 뜻인지 이해하지 못했다.

대부분의 정천맹 무인들에게 마제란 신화와 전설 속의 인물이지, 숨이 맞닿는 생생한 존재는 아니었기 때문이다.

그들이 알고 있는 마제 하후패는 천검 자영과 만사존 공비황의 전설 속에서 그들에게 쓰러져 간 악인, 그 이상도, 이하도 아니었으니까.

그럼에도 그들은 실감할 수 있었다.

보였으니까.

그들의 눈앞에 있는 정천맹의 수뇌부들이 마치 무너질 듯 휘청이는 것이 보이니까.

전해지는 것대로라면 저들이 저런 반응을 보일 리가 없다.

붕걸이 씹어뱉듯 말했다.

"언제 오는 거요?"

"오는 게 확실하냐고는 묻지 않나?"

"그대가 마공자라면 이 많은 이들을 붙들고 쓸데없는 잡소리를 늘어놓지는 않을 테니까."

"칭찬으로 듣지."

그뿐 아니라 마공자에 뒤에서 긴장해 있는 마인들만 보아도 그의 말이 거짓이 아니라는 것쯤은 알 수 있다.

"정말 오는 거요?"

마공자가 어깨를 으쓱했다.

"그 말은 취소해야 할지도 모르겠군."

"어째서?"

마공자의 입가가 천천히 말려 올라갔다.

너무나도 즐거워하는 듯한 미소지만, 어쩐지 그 속에는 섬뜩

함이 배어 있었다.

"이미 도착했을지도 모르니까."

붕걸의 이마에 식은땀이 맺혔다.

놀리는 건가?

아니, 아닐지도 모른다.

정말 마제가 마음만 먹는다면 이곳에 이미 존재하는 일쯤은 아무것도 아니니까.

"예를 들면……."

마공자의 손이 한쪽을 가리켰다.

"저 노인?"

모두의 시선이 마공자의 손끝을 따랐다.

정천맹의 한가운데.

그곳에 한 노인이 서 있었다.

마공자의 지목을 받은 노인은 난처한 듯 웃었고, 그 광경을 본 주변인들은 기겁을 하며 거리를 벌렸다.

마공자는 노인을 보며 말했다.

"어떻소?"

노인은 입을 살짝 떼었다가 잔기침을 몇 번 하더니, 곤란한 듯 하후상을 바라보았다.

"짓궂으시오, 소공자."

하후상은 빙그레 웃었다.

"그래도 기분은 좋지 않으십니까?"

송검의 안색이 딱딱하게 굳었다.

처음부터 저 노인이 마제일 거라 생각한 것은 아니었다.

하지만 지금 하후상의 입에서 처음으로 존대가 나왔다.

정천맹주인 그의 앞에서도 존대를 하지 않던 하후상이 지금 저 노인을 인정하고 존대한 것이다.

그저 지나가는 촌로라고밖에는 보이지 않는 그를 말이다.

"누, 누구?"

붕걸도 그것을 알아챈 모양이었다.

노인은 멋쩍어하다 입을 열었다.

"기분이라……. 기분이 좋을 일은 아니지요. 제가 어찌 감히 그분의 이름을 칭하겠습니까? 저는 그저 그분의 노복으로 살아가는 것에 만족하는, 하찮은 늙은이일 뿐입니다."

"하찮은 늙은이라……."

마공자는 빙그레 웃고는 말을 이었다.

"정말 그대는 그의 종복으로 만족하는 것입니까?"

"그렇습니다."

"그럼 그 외의 것들은 아무래도 상관이 없겠지요?"

"그렇습니다."

"내가 당신들의 형제 자식들을 모조리 잡아 죽였다고 해도?"

하후상의 목소리는 서리가 내린 듯 차가웠다.

그리고 그 목소리에 담긴 의미는 그보다 더 차가웠다.

그 의미를 모두 짐작할 수 있는 노인이었지만, 그의 안색은 조금도 변하지 않았다.

"제게는 이미 형제도, 자식도 없습니다. 제게 존재하는 것은 오로지 그분뿐이지요."

"후후후후."

마공자는 웃고 말았다.

"그래서 이젠 사해방과는 전혀 관련이 없다는 말입니까?"

"그렇습니다."

"재미있는 이야기군요. 어찌 당신이 사해방과 관련이 없을 수 가 있습니까?"

"마공자께서 어떻게 말씀하시든 저는 이제 그들과는 관련이 없습니다."

"당신이 세운 것인데도?"

"세웠다 해도 끝까지 이어가야 하는 것은 아니지요."

하후상은 한숨을 쉬었다.

"과연, 인물은 인물이라 해야겠군요."

"과찬이십니다."

노인은 겸연쩍게 웃었다.

송검은 짜증이 났다.

갑작스레 마제의 이야기가 튀어나오고 그를 상대해야 할지도 모른다는 상황도 짜증나는데, 이제는 알 수 없는 노인마저 주도 권을 뺏어가고 있었다.

"대체 저 노인이 누구요?"

붕걸을 향한 말이었다.

붕걸은 미간을 좁히고 노인을 보았지만, 딱히 특별한 점을 찾아낼 수가 없었다.

그가 알고 있는 인물들의 인상착의 내에서는 저 노인과 비슷한 인물이 존재하지 않았으니까.

그때, 마공자와 노인의 대화가 붕걸을 도와주었다.

'사해방?'

사해방을 세웠다?

사해방을?

저 노인이?

붕걸은 경악한 눈으로 노인을 바라보았다.

그 말이 맞다면 저 노인의 정체는 하나뿐이다.

그가 아니고서는 누구도 감히 사해방을 세웠다는 말을 입에 담을 수 없었으니까.

천하에 오롯이 그만이 그러한 말을 입에 담을 수 있었다.

"……비황."

"뭐라 하셨소?"

"마, 만사존 공비황!"

비명과도 같은 외침이었다.

그 말을 들은 송검의 눈도 더없이 커졌다.

만사종(萬死宗) 공비황(公備荒).

사해방의 방주이자 사해방의 개파 조사.

천검(天劍) 자영(自營)과 함께 정과 사를 지배하는 천하의 두 기둥.

그리고 일백 년 전, 일천의 고수를 이끌고 마제 하후패를 물리쳤다 전해지는 절대의 무인.

그가 저리 초라한 촌로의 모습으로 나타난 것이다.

"고, 공비황?"

"진짜?"

붕걸의 외침은 정천맹 전체를 뒤흔들었다.

신화 속의 인물인 마제 하후패와는 다르게 만사존 공비황은 현실적인 인물이었다.

불과 얼마 전까지만 해도 사해방의 방주였고, 천하제일고수의 자리를 천검과 다투던 인물이 아닌가.

그가 이곳에 나타난 것이다.

왜?

혹여 일백 년 전처럼 하후패를 막기 위해?

동요하는 이들을 슬쩍 둘러본 공비황이 혀를 찼다.

"이래서 조용히 온 것입니다."

하후상은 웃었다.

"만사존께서 오시는데 후배들이 몰라서야 되겠습니까?"

"저는 이제 만사존이 아닙니다. 그저 그분의 종복일 뿐이지요."

"본인이 원하신다면 존중해 드려야지요. 그런데 왜 홀로 이리 일찍 오셨습니까? 그가 미리 가서 염탐이라도 하라던가요?"

"끌끌끌끌."

공비황은 가소롭다는 듯 마공자를 바라보았다.

"소공자가 아는 그분이 그러실 분입니까?"

되레 물어오는 공비황에게 하후상은 마땅히 대답할 말을 찾을 수가 없었다.

아니라는 것을 알면서 물었으니 대답할 말이 없을 수밖에.

"제가 이곳에 온 이유는 과거의 인연을 정리하기 위해서입니다."

하후상이 미간을 좁혔다.

"확실히 당신에게 있어서 인연이라 불릴 사람이 그를 찾아갔다는 말을 들었지요."

"그렇습니다."

"결과는 묻지 않아도 되겠습니까?"

공비황은 고개를 저었다.

"그는 그분을 뵙지도 못했습니다."

하후상은 아무 말 없이 공비황을 노려보았다.

"저는 제가 할 일을 하겠습니다. 마공자께서는 그 후를 준비하십시오."

"……."

하후상의 대답도 듣지 않고 공비황은 몸을 돌려 송검을 바라보았다.

"그대가 당대 정천맹의 맹주인가?"

나직하게 물어오는 말.

하지만 송검은 항거할 수 없는, 은근한 거력을 느꼈다.

직접적으로 짓누르는 마공자와는 다르게, 은은하지만 저항할 수 없는 힘.

"그, 그렇습니다."

아무리 그가 정천맹의 맹주 대리라고는 하나 감히 공비황과 비견될 수 없다는 것은 스스로 잘 알고 있었다.

되레 그러한 행동이 정천맹과 천검의 위엄을 손상시킬 수도 있는 것이다.

"이리 오게."

송검은 홀린 듯 공비황에게 다가갔다.

그와 같은 절대의 고수에게 이 정도 거리는 의미가 없다.

해할 마음이 있었다면 굳이 그를 부를 필요도 없었을 것이다.

하지만 그런 계산 이전에 송검의 발은 절로 움직이고 있었다.

홀린 듯 공비황 앞에 선 송검.

그에게 공비황이 한 자루의 검을 내밀었다.

"받게나."

"……이, 이건?"

송검은 격동된 눈으로 공비황이 내민 검을 바라보았다.

왜 모르겠는가.

창룡이 승천하는 모습이 양각된 검집.

손잡이 끝에 달린 푸른 수실.

그것을 보고도 이 검이 무엇인지 모른다면 정천맹주로서의 자격이 없었다.

"저, 정천검!"

대대로 정천맹주에게 내려지는 검.

정천맹의 신물이었다.

천검이 은거를 하며 후대에 넘기지 않았기에 지금은 이름으로만 내려오는 정천검이 지금 그의 눈앞에 있는 것이다.

정천검을 회수한다는 것이 정천맹에 있어서 얼마나 큰 의미인지는 설명이 필요 없었다.

하지만…….

송검은 그 검을 받지 못했다.

손을 뻗을 수가 없다.

왜냐하면 이 검은 결코 이곳에 있어서는 안 되는 검이기 때문이다.

"왜, 왜! 이 검이 여기에!"

의문과 격동에 휩싸인 송검에게 공비황은 씁쓸한 얼굴로 대답했다.

"이젠 주인이 없는 검이기 때문이지."

주인이 없다?

정천검의 주인이 누군가.

바로 천검이다.

그가 없다니!

어떻게 그가 없을 수가 있나!

그가 누구인데!

천하 모든 정파의 수위이자 천하제일검수가 아니던가.

일백 년 전, 마제와 맞서 싸운 정천맹의 수호신이자 그 검 하나로 하늘에 올랐다는 무적의 검객의 애병이 어떻게 이곳에 있을 수가 있는가!

송검이 떨리는 눈으로 공비황을 바라보았다.

안다.

그도 바보는 아니니 알 수밖에 없었다.

이 검을 공비황이 들고 왔다는 것의 의미쯤이야 삼척동자라
도 알 테니까.

"그……분은?"

그럼에도 물어야 했다.

묻지 않을 수가 없는 말이다.

때로는 대답을 알고 있음에도 물어야 하는 경우가 있는 법이
다.

"죽었네."

"어떻게 죽었습니까?"

공비황이 혀를 찼다.

"몰라서 묻는 건가?"

"……."

"몰라서 묻는 거라면 그 친구는 헛된 짓거리를 했군. 정천맹
을 이은 자가 이리 멍청하다니 말이야. 알면서도 묻는다면… 그
래도 헛된 짓거리군."

"그분을 모욕하지 마십시오!"

공비황은 두말 없이 정천검을 움켜잡더니 검을 뽑았다.

송검의 눈이 절망으로 물들었다.

정천맹을 상징하고, 천검 자영을 상징하는, 그 위대한 검은
반이 뚝 부러진 반검이 되어 있었다.

검객의 검이 부러진다는 것이 무슨 의미겠는가.

"명검이었는데 아쉽게 됐군. 그래도 상징성은 있을 테니, 받
아두게. 그가 이 검이 정천맹으로 돌아가길 바랐으니까."

"남은 반은……."

묻고 싶지 않았다.

그가 생각하는 대답이 나올 것 같아서.

하지만 공비황은 너무도 담담하게 잔인한 비수를 그의 가슴에 쑤셔 박았다.

"그와 함께 있지."

"……."

송검은 다리가 풀려 주저앉을 뻔했다.

"받게."

"……."

"어서!"

힘없이 들려진 손이 건네진 검을 받아 들었다.

공비황은 검을 넘기고는 씁쓸하게 말했다.

"유지(遺志)는 지켰네, 친구."

아직 정신을 차리지 못하고 있는 송검을 뒤로하고 공비황은 마공자를 바라보았다.

"끝났습니까?"

"소공자께서 기다려 주신 덕분에 친우의 마지막 뜻을 지킬 수 있게 되었습니다. 감사드립니다."

"가족도, 형제도 버렸다고 하는 분이 친구는 있으시군요."

"그는 그럴 자격이 있는 자니까요."

"인정합니다. 천검 자영이라면 확실히 그럴 자격이 있는 인물이죠."

공비황과 마공자의 눈빛이 얽혀들었다.

"그래서 그는 지금 어디에 있습니까?"

공비황은 빙그레 웃었다.

"모르시겠습니까?"

"……."

"그분은 이미 도착하셨습니다."

마공자의 눈빛이 떨렸다.

"저기 오시는군요."

마공자의 고개가 돌아간다.

그저 지평선.

아직 누구의 모습도 보이지 않지만, 공비황은 그가 오고 있다고 말했다.

"그분을 영접하기엔 목의 위치가 너무 높은 감이 있지만, 제가 나서는 것을 좋아하지 않으실 테니 노복은 이만 물러나 있겠습니다."

공비황의 말은 마공자에게 전혀 들리지 않았다.

그의 모든 신경은 공비황이 가리킨 곳에 쏠려 있었으니까.

그리고…….

지평선 저 너머로 하나의 그림자가 천천히 그 모습을 드러내었다.

77장
강림(降臨)

느렸다.

다가오는 그림자는 결코 빠르지 않았다.

천천히 내려앉는 황혼을 등지며 나타난 작은 그림자는 지켜 보는 사람이 화를 낼 만큼 천천히, 아주 천천히 걸어오고 있었 다.

보보(步步)가 이어지고는 있지만 다가온다는 느낌이 들지 않 을 만큼 그저 느렸다.

하지만······.

아무도 그 걸음을 탓하지 못했다.

이곳에 모인 수만의 무인들은 아무 말도 없이, 어떠한 소리 도 없이 천천히 다가오는 그림자를 가만히 바라보았다.

그림자가 이내 색을 갖추고······.

다시 그 형을 갖추고…….

결국 그 이목구비마저 갖추었을 때.

사람들은 생각했다.

지금 그들의 눈앞에 보이는 자가 정말 전해 듣던 그자일까?

하늘을 가리고 땅을 뒤엎었다 전해지는 신화속의 마귀가 정말 저 사람이란 말인가?

마련이라는 천하무비(天下武備)의 세력을 거느리고 중원을 유린했던 마의 종주(宗主)가 정말 지금 보이는 저 사람이란 말인가?

이윽고 모두가 그의 모습을 알아볼 만한 거리가 되자 나른한 탈력감이 그들을 감쌌다.

끊어질 듯 팽팽하게 조여졌던 시위가 느슨하게 늘어지고, 앙다물었던 이가 벌어진다.

힘이 바짝 들어갔던 육신에 힘이 빠지고, 거꾸로 솟을 것만 같던 피가 다시 흐르기 시작한다.

저벅.

저벅.

한 걸음씩 그가 다가올 때마다 그들을 무겁게 짓누르던 압박감이 점차 사라져 갔다.

'마제? 저 사람이?'

송검조차 눈앞에 보이는 사람의 정체를 의심했다.

하지만 어쩔 수가 없었다.

삼두육비(三頭六臂)의 괴물을 상상한 것까진 아니었다.

그도 사람이니까.

그래도 천검, 공비황과 함께 시대를 수놓은 인물이니 뭔가 특별함이 있을 거라고 생각했다.

하지만 마제 하후패의 모습은 그의 예상을 완전히 빗나갔다.

조금 전 마주했던 공비황처럼 겉으로 보이는 세월의 흔적만으로도 사람을 절로 움츠리게 만드는 위엄이 아니었다.

천검 자영의 앳된 겉모습에서 보이는 기괴한 경외감은 더더욱 아니었다.

뭐라 할까…….

그저 평범하다.

뒤로 질끈 묶은 검은 머리 아래로 보이는 얼굴은 불혹쯤 되어 보이는 평범한 장년인 같았다.

적당해 보이는 눈, 적당해 보이는 코, 과하지 않게 난 수염, 그 아래로 보이는 적절한 턱 선.

검은 장포를 두른 몸은 크다고 하기도, 작다고 하기도 애매한, 그저 적당한 크기.

지금이라도 거리에 나가 걷다 보면 몇 번이고 마주치고 지나갈 것처럼 그저 평범하기만 했다.

그리고 그 평범함은 겉모습만이 아니었다.

천검은 훈훈한 훈풍 같은 기세를 내뿜어 지켜보는 이들을 편안하게 해준다.

공비황은 은은한 기세로 지켜보는 이들을 절로 압박한다.

저 마공자마저도 기세를 내뿜으면 주변인들이 숨도 쉬지 못할 만큼 강한 힘을 보여주지 않는가.

그런데 저 사람에게는 그런 것이 없다.

기세는 흘러나오지 않는다.

그렇다고 해서 기세가 완벽히 갈무리되어 아무것도 아닌 것처럼 느껴지는, 그런 것도 아니다.

그저 평범한 사람이 평범한 기운을 품고 있는 것처럼, 그저 평범하기 짝이 없다.

공비황의 말이 아니었다면, 이곳이 일반인이 제 발로 찾아올 곳이 아니라는 현실을 제외한다면, 결코 관심을 주고 싶은 사람이 아니었다.

이윽고…….

그가 그들의 앞에 도달했다.

앞에 서서 가만히 그들을 둘러본 장년인은 공비황과 그 시선을 마주했다.

"먼 길 오심에 있어서 불편함은 없으셨는지요?"

공비황이 공손히 물었다.

"그저 둘러보았다."

"천하를 말입니까?"

"오래되었으니까."

공비황은 빙그레 웃었다.

언제나 선문답 같은 말이지만, 그 안에 담긴 뜻을 미루어 짐작하기 어렵지 않았다.

"오랜만에 본 천하는 어떠셨습니까?"

하후패는 가만히 생각하는 듯하더니 입을 열었다.

"달라진 것이 없더군."

"강산은 십 년만 지나도 변하는 법입니다. 백 년의 시간이 흘렀으니, 그래도 달라지지 않았겠습니까?"

하후패는 고개를 저었다.

"달라진 게 없어."

공비황은 공손히 고개를 숙였다.

하후패가 그리 말한다면 그런 것이었다.

그 말의 의문을 품지도 않고, 이치를 따지지도 않고, 그저 받아들인다.

그게 그가 자처한 위치였다.

하후패의 눈이 하후상에게로 향했다.

하후상은 미소를 지으며 그를 맞았다.

"실제로 뵙는 건 이십오 년 만인 것 같습니다, 조부님."

"재미있는 일을 벌이고 있군."

"조부님께서 조금의 즐거움이라도 느끼신다면… 소손, 어찌 수고로움을 마다하겠습니까?"

하후패는 가만히 하후상을 바라보았고, 하후상도 그 눈을 피하지 않았다.

"많이 컸구나."

비꼬는 말이 아니었다.

말만 놓고 보면 비꼬는 투로 들릴 내용이지만, 그 안에는 순수한 호의가 들어 있었다.

"예전에 제게 말하셨지요, 버티다 보면 언젠가 조부님의 앞에 당당히 설 날이 올지도 모른다고."

"그래, 그랬던 것 같군."

"그날이 오늘입니다."

"그렇구나."

하후패는 위협하지 않았다.

과시하지 않았다.

그저 담담히 대화했을 뿐이다.

그 기묘한 느낌을 참지 못한 송검이 뭔가 말을 하려 하는 순간, 붕걸이 필사적으로 그의 손을 움켜잡았다.

"왜……?"

붕걸은 고개를 저었다.

아니다.

아직 아니다.

그가 알고 있는 마제라면 지금 자신들은 범의 아가리에 들어와 있는 것일지도 몰랐다.

그 어떤 말이라도 함부로 하여 그를 자극할 필요가 없다.

"그 아이는?"

하후패의 물음은 뜬금없었다.

하지만 하후상은 대답했다.

"오고 있는 중입니다."

하후패는 고개를 돌려 가만히 먼 곳을 응시했다.

하후상은 굳이 물어볼 필요도 없이 지금 하후패가 유진천의 기운을 느끼고 있다는 것을 알 수 있었다.

"아직 이곳에 없군."

"알고 계셨지 않습니까?"

"그랬지."

눈앞에 있는 존재는 마제다.

하후패다.

그가 마음을 먹었다면 천하의 누구도 그의 이목에서 벗어나지 못한다.

그럼에도 굳이 묻는 것은 유진천의 위치가 아니라 하후상의 의도가 궁금하기 때문이리라.

"나를 맞이하는 이들을 모은 게 너로구나."

"작은 선물입니다."

"나쁘지는 않다. 나쁘지는 않지만……."

하후패의 미간이 살짝 좁아졌다.

"순서가 바뀐 것이 아니냐?"

계약대로라면 이들을 상대하기 전, 유진천을 먼저 상대해야 했다.

그게 계약이니까.

"잊지 않으셨겠지요?"

하후패는 가만히 하후상을 바라보았다.

그의 시선을 마주하고 있음에도 하후상은 흔들리지 않았다.

아니, 흔들릴 것도 없었다.

일전 환뇌천마의 몸을 빌어 나타났을 때의 하후패는 마(魔)

와 패(覇)의 화신이나 다름없었지만, 지금의 하후패는 그저 평범하기만 했으니까.

"제게도 기회는 있습니다."

하후패가 고개를 끄덕였다.

"그렇지."

"누가 뭐라 해도 저는 당신의 목을 노릴 수 있는, 천하에 단 둘뿐인 존재이니까요."

"확실히 그렇다."

"그러니 제가 꼭 그놈에게 양보할 필요는 없지 않습니까? 도전할 순서가 정해진 것은 아니니까요."

하후패는 고개를 끄덕였다.

"네 말이 맞다."

"받아주시겠습니까?"

"네가 원한다면 그리될 것이다."

하후상은 빙그레 웃었다.

하지만 정천맹 쪽은 대체 무슨 대화가 오가는지를 몰라 어리둥절해했다.

그런 그들을 구원해 준 것은 역시나 하후상이었다.

"어찌하겠나?"

송검은 눈살을 찌푸린 채 대답했다.

"뭘 어찌하란 거요?"

"지금 그대의 눈앞에 그가 있다. 나와 함께 살기 위해 발버둥을 쳐보겠냐는 말이다."

"아니, 대체……."

송검은 지금 돌아가는 상황을 도무지 이해할 수가 없었다.

"전해지는 바에 의하면……."

하후상의 목소리가 넓게 울려 퍼졌다.

"마제 하후패는 천검과 만사존을 위시한 일천 무인의 합공에 패퇴하여 물러났다, 그렇게 알려졌지. 하지만 사실이 아니야. 아는 사람만 아는 진실은 따로 있지."

"……"

모두가 하후상의 말에 귀를 기울였다.

"천검과 만사존은 패했다. 중원은 패했다. 하후패의 발밑에서 스러져 가는 것만이 남았지. 하지만 광기의 천인이라 불리던 이들이 나타나 하후패를 가로막았다. 그들은 결국 마제를 막지 못했지만, 거래를 했지. 앞으로 백 년 내에 그를 상대할 무인을 키워낸다. 그러니 지금을 발길을 돌려 달라."

하후상은 가볍게 입술을 축였다.

지켜보던 이들에게는 그 짧은 시간이 마치 억겁처럼 느껴졌다.

"하후패는 받아들였다. 하지만 조건을 걸었지. 백 년 뒤에 돌아온다면 천하를 없애겠다."

광오한 말이다.

너무나도 광오한 말이다.

"감히!"

"미친놈!"

곳곳에서 동요가 일어났다.

"그리고 백 년이 지났다. 마제는 마침내 돌아왔지. 알겠는가. 지금 여기서 마제를 막지 못한다면 그대들은 모두 죽는다. 그리고 천하는 무너진다. 단순히 지배되는 것이 아니다. 말 그대로 풀뿌리 하나 남지 않을 것이다."

시선이 모인다.

수만의 시선이 하후패를 향한다.

"죽고 싶지 않다면 싸워야 하지. 원한? 그런 것은 이제 의미가 없다. 너희는 살아남아야 하니까."

가만히 하후상의 말을 듣고 있던 하후패가 고개를 저었다.

"오해가 있군."

하후상이 말을 멈췄다.

"오해라 하셨습니까?"

"깊은 오해가 있다. 나는 천하를 없애겠다 했으나 지금에 와서는 그 약속에 연연하는 마음은 없다."

"……."

하후상은 말문이 막혔다.

저건 마제의 입에서 나온다기에는 너무나도 이상한 말이었다.

"젊은 날의 치기, 혹은 아직 마를 극복하지 못했던 때의 이야기다. 당시의 나는 깊은 절망과 고독 아래 있었으나, 지금의 나는 다르다. 그때처럼 과격하지 않고, 그때처럼 절망해 있지 않다."

송검이 자신도 모르게 물었다.

"천하를 파괴할 생각이 없단 말이시오?"

"그렇다."

붕걸이 손을 꽉 움켜쥐었다.

아무리 마제라고 해도 이 수만의 병력 앞에서 그런 망발을 늘어놓을 수는 없는 것이다!

적어도 기 싸움에서는 이기고 들어간다!

하지만 그런 붕걸의 기대가 무너지는 것은 순식간이었다.

"천하라고는 하나 무학을 익히지 않은 이들은 애초부터 나와 어떠한 접점도 없었다. 나의 천하는 무의 천하였던 것이지."

"무의 천하?"

"천하를 무너뜨리고 싶었던 것은 실망했기 때문이다. 좌절했기 때문이지. 이 수많은 무인들이 있음에도 나를 충족시켜 줄 무인 하나 만들어내지 못하는 강호라면 사라져 버리는 것이 낫다고 생각했다."

"……."

그럼 지금은 다르다는 말인가?

그를 충족시킬 무인이 나타나서?

그게 누군가.

마공자 하후상?

아니면⋯⋯.

"하나 시간이 지나면서 알게 되었지. 그렇게 한다면 뭐가 달라지는가? 결국 나는 영원히 대적자를 찾지 못한 채 죽음으로의 쓸쓸한 길을 걷게 되겠지. 그건 내가 원하는 것이 아니었다. 오랜 고민 끝에 나는 한 가지 결론에 닿을 수 있었다."

하후상의 얼굴이 살짝 일그러졌다.

마제의 결론을 그도 알 것 같았다.

"모든 무를 없앤다. 무학에 관련된 모든 것을 없앤다. 무인도, 군인도, 작은 무학의 이치마저도 없앤다. 그리고 모든 것이 사라진 곳에서 새로운 무학의 이치를 세운다. 그러면 강호는 조금 더 강해지겠지. 시간이 흐르고 흐른다면 누군가 내 앞에 서게 될지도 모르는 일이다."

"미친 소리!"

송검이 자신도 모르게 소리를 질렀다.

무를 없앤다?.

그게 얼마나 무시무시한 말인지는 알고 하는 말인가?

하나의 개념 자체를 없애 버리기 위해서 얼마나 많은 시간과 공을 들여야 하는 것인가.

그런데 저 작자는 지금 그 모든 시간과 노력을 살육이라는 단 하나의 방법으로 대체해 버리겠다고 말하는 것이다.

"그게 가능할 것 같소?"

하후패는 주변을 살짝 둘러보았다.

"여기 있는 이들을 모두 죽이고 관련된 이들을 모두 죽인 뒤, 무학을 조금이라도 알고 있는 이들을 모조리 찾아 죽여 버리면 되는 것 아닌가?"

담담하다.

너무나도 담담한 말이다.

그래서 그 말이 더 무섭게 들렸다.

"어, 얼마나 많은 생명을 죽이겠다는 거요?"

"글쎄? 얼마나라……."

조금 생각하는 듯하던 하후패가 입을 열었다.

"절반쯤이면 되지 않겠느냐?"

"……절반?"

"살아 있는 자의 절반쯤은 무학에 연관이 있겠지. 그들을 모두 죽인다면 지금 존재하는 무학은 사라질 테지?"

미쳤다.

저 작자는 미쳤다.

고금에 통틀어 어떤 마인도 살아 있는 이들의 반을 죽이겠다는 말을 입에 담지는 않았다.

차라리 마도천하를 외치는 마인들이 선량하게 느껴질 지경이었다.

"미, 미쳤어."

질려 버린 송검을 대신하여 붕걸이 나섰다.

"그게 가능할 것 같소이까?"

"불가능할 이유는?"

"당신 혼자 천하의 절반을 상대하겠다는 소리가 아니오! 아무리 당신이 마제라고는 하나! 아무리 당신이 하후패라고는 하나 그게 가능할 것 같소이까!"

"아이야."

낮은 목소리.

질책이 담겨 있지도 않은, 낮은 목소리다.

하지만 그 목소리가 온전히 그 하나만을 향해 불리어졌다는 것만으로 붕걸은 뻣뻣이 굳어버렸다.

"내게 불가능이 있을 것 같으냐?"

"그, 그건……."

"물론 있다. 불가능이야 있지. 나는 하늘을 날지 못하고, 영원히 살아가지도 못한다. 나도 그저 인간일 뿐이니까."

"……."

"하지만 그렇기에 가능함과 불가능함을 구분하는 것은 간단한 일이지. 내게는 가능한 일이다."

"당신 홀로 이 곳에 있는 모두를 상대하겠다는 거요? 그게 가능하다고?"

하후패는 천천히 아주 느릿하게 고개를 저었다.

"이래서 내가 강호를 새로 세우겠다는 것이지. 이미 날개로 하늘을 날아버린 새는 뛰려 하지 않는 법이니까. 인식이 고정된 이들은 새로운 곳을 찾아 자신을 해치려 들지 않는다. 천하는 한계에 봉착했다. 새로운 무의 천하가 필요하지."

하후상이 비웃음을 띠었다.

"그 새로운 무의 천하는 온전히 당신을 위해서겠지요?"

"부정하지 않는다. 하지만 과정과 목적이 어떻든 더 나은 무학을 익힐 수 있는 천하가 온다는 것은 무인으로는 기꺼운 일 아닌가?"

"내가 배제된 새로운 세상이 무슨 의미가 있습니까?"

"생각이 다르군."

"그건 다르다고 하는 게 아닙니다. 틀린 거지요. 당신이 틀린 겁니다."

"그렇구나."

하후패는 고개를 끄덕였다.

"그리 생각한다면 어쩔 수 없지. 그렇다면 너희들이 나를 바로잡아야겠지. 자, 대화는 충분하다. 많은 이야기를 나누었으니까. 오랜만에 사람과 대화를 한다는 것이 즐겁기도 했지만, 이젠 조금 지겨워지는구나. 그래서 내 묻겠는데……."

하후패의 목소리가 모두에게 똑똑히 들렸다.

"누가 나를 막을 것인가?"

그것은 담담한 선언이었다.

어떤 이들은 그 말에 허세가 가득하다고 느꼈고, 어떤 이들은 그 말이 광오하다고 느꼈다.

하지만 그 말이 결코 광오하지 않다는 것을 알고 있는 이들도 있었다.

"마, 마제시여……."

주춤주춤 앞으로 나서는 이들이 있었다.

송검은 눈살을 찌푸렸다.

지금 앞으로 나선 이들은 그도 아주 잘 아는 이들이었다.

점창의 곽원걸(郭原杰).

언가의 언진행(彦進行).

심지어 화산의 적비자(赤毘子)까지.

한 세력의 최고 원로라 할 수 있는 이들이자 현 강호의 최고 배분인 자들이었다.

아무리 그들이 배분이 높다 하나 평시라면 감히 정천맹주인 송검의 허락 없이 이리 앞으로 나설 일은 아니었다.

하지만 송검을 붙들어 맨 것은 저들이 일백 년 전의 전란을 겪은 세대라는 것이었다.

그중 적비자는 마제와의 전쟁을 경험한 마지막 무인이나 마찬가지였다.

적비자가 천천히 마제의 앞으로 나서더니, 털썩 무릎을 꿇었다.

"사조님!"

"대체 무슨!"

놀라 뛰어 나오려던 이들을 적비자가 손을 들어 만류했다.

이윽고 그의 곁에 선 두 원로도 바닥에 무릎을 꿇었다.

그러고는 바닥에 머리를 대고 오체복지했다.

"강호는, 강호는 마제를 실망시키었을지언정 수많은 이들이 살아가는 곳입니다. 지금은 비록 실망스러울지 모르나 조금의 시간이 더 주어진다면 마제를 만족시킬 수 있을 것입니다."

"마제시여, 부디 자비를 베풀어주소서."

"부디!"

송검은 이를 악물었다.

저게 대체 뭐하는 짓거리란 말인가!

각파의 원로이자 강호의 원로인 자들이 어찌 저리 굴욕적인 모습으로 사죄한다는 말인가.

　저리하여 마제가 물러난다 해도 그 치욕을 어찌 감내하려고!

　"세 분은 물러서십시오!"

　송검이 외쳤지만, 원로들은 꿈적도 하지 않았다.

　"제 말이 들리지 않습니까?"

　"맹주."

　적비자가 가만히 입을 열었다.

　"천하를 무너뜨린 맹주로 역사에 남고 싶지 않다면… 그 입 다물고 계시오."

　"뭐, 뭣이!"

　"아니, 그 치욕적인 일일지언정 역사에 기록이라도 되고 싶다면 경망되이 입을 놀리지 말고 있으란 말이오!"

　충혈된 적비자의 눈에서 그가 지금 얼마나 간절한지를 알 수 있었다.

　그 기세에 송검은 자신도 모르게 한 발 물러섰다.

　'그 정도인가?

　마제를 겪어보았다는 것이?

　저 평범해 보이는 사내를 상대해 보았다는 것이 그토록이나 저들을 짓누르고 있는 것인가?

　마제는 천천히 적비자를 바라보았다.

　"기억이 있군."

　"영광입니다."

"그래. 천검이 함정을 판 곳, 그곳의 입구를 자네가 지키고 있었지. 그렇지 않나?"

"그렇습니다. 그때 저는 감히 마제께 함부로 입을 놀렸었지요."

"자신이 있으면 들어가 보라 했던가?"

"기억하시는군요."

"그래, 그랬지. 그때의 그 소년이 이제는 이렇게 노인이 되어 버렸군. 세월이 많이 흘렀어."

적비자의 얼굴에 화색이 일었다.

대화가 통하고는 있지 않은가.

"그런데 왜 모르는가."

"……예?"

"자네는 알고 있지 않은가."

"…….."

"나는 타협이 무엇인지 모른다네."

"꺼어억!"

순간, 적비자가 자신의 가슴을 움켜쥐었다.

마제는 무표정한 얼굴로 말했다.

"걱정 말게. 어차피 모두 가는 것이 아닌가. 자네들은 살 만큼 살았으니 가장 먼저 가게 된다고 해도 억울하지 않겠지."

"크윽!"

"어어억!"

세 노인이 모두 자신의 몸뚱아리를 부여잡고 바닥을 기었다.

하지만 그건 순간이었다.

칠공에서 피를 흘리던 노인들의 움직임이 한순간에 멈추었다.

죽음.

별다를 것 없는 죽음이었다.

하지만 송검은 그리 받아들일 수가 없었다.

'뭐지?'

지금 그의 눈앞에서 벌어진 일이 무엇인지 알 수가 없었다.

받아들일 수도 없었다.

무학이란 움직임이다.

정중동이니, 동중정이니 해도 그 모든 것에는 움직임이 동반된다.

주먹으로 치든, 칼을 휘두르든, 심지어 몸 하나 까딱하지 않고 사용하는 격공섭물이나 이기어검이라 하더라도 기운의 움직임이 동반되어야 한다.

그 움직임의 수준을 나누어 고수와 하수를 나누고, 그 위로 까마득한 절정의 고수가 생겨난다 할지언정 모든 것의 시작은 움직임이다.

하지만 없다.

그 움직임이 없었다.

마제는 아무것도 하지 않았다.

그저 세 원로를 바라보았을 뿐이다.

그런데 세 원로는 스스로의 몸을 부여잡고 뒤틀더니 죽어버렸다.

눈앞에서 분명 사람이 죽었다.

그리고 그를 죽인 이가 있다.

하지만 그 모든 과정을 똑똑히 보았음에도 송검은 마제가 세 원로를 죽였다는 확신을 할 수가 없었다.

가만히 바라보기만 했는데 절로 죽어버렸으니까.

'뭐냐고!'

이치를 벗어난다.

상리가 어긋난다.

"불가해(不可解)."

하후상이 했던 말을 이제야 이해할 수 있었다. 지금 눈앞에 보이는 저 작자는 불가해의 존재다.

사람의 상식으로 이해할 수 있는 존재가 아닌 것이다.

분노조차 들지 않았다.

어제까지만 해도 서로 대화하고 강호의 미래를 걱정하던 이들이 저리 처참하게 죽어갔는데 화조차 나지 않는다.

되레 황당할 지경이었다.

"지루하군."

하후패는 주위를 둘러보고는 말했다.

"상."

"예, 조부님."

"그러고 보니 내가 너를 가르친 적이 있었던가?"

"아니요. 조부님께서는 스스로 얻지 못하는 것은 자신의 것이 되지 않는다 하셨습니다. 오로지 배울 곳이 있다면 그것은 나의 적이라, 적을 스승으로 삼아 배우라 하셨습니다."

"그랬었지. 그래."

하후패는 가볍게 고개를 끄덕였다.

"나이가 들어서인지 그것도 무조건 옳은 생각은 아닌 듯하구나."

"저는 많은 것을 얻었습니다."

"기회가 되었으니 내가 네게 몇 가지를 알려주도록 하지. 내 마지막 배려라 생각하거라."

"예."

하후패가 고개를 돌렸다.

"어차피 이대로 있어도 아무것도 결론이 나지 않겠군. 나는 너의 말에 따라 순서를 바꾸겠다. 이곳부터 지워 나가다 보면 언젠가 그 아이가 오겠지. 나는 약속 이상으로 기다려 주었으니 먼저 시작할 자격 정도는 있지 않겠느냐?"

"……그렇습니다."

"그럼……."

하후패가 담담히 말했다.

"보거라."

저벅.

저벅.

하후패가 천천히 앞으로 걸어 나갔다.

그의 발걸음이 향하는 곳은, 가장 가까이에 있는 정천맹의 무리들이었다.

진주언가(晋州彦家).

조금 전 원로를 잃은 그들이 증오를 가득 담은 눈빛으로 하후패를 노려보았다.

"네놈의 목을 장로님께 바치겠다!"

선두에 있던 자가 가장 먼저 튀어나가 하후패에게 달려들었다.

진주언가의 가주.

언무강(彦懋强)이었다.

언무강의 우수에서 뻗어 나간 기운이 권강을 형성한다.

권에 있어서는 소림의 나한권(羅漢拳)과 그 어깨를 나란히 한다는 진주언가의 언가권(彦家拳)이 펼쳐진 것이다.

"어느 날……."

하후패의 얼굴을 향해 날아가던 무수한 권강들이 사라졌다.

튕겨지지도, 부서지지도 않았다.

그저 사라졌을 뿐이다.

언무강의 눈이 찢어질 듯 부릅떠지고, 하후패는 무슨 일이 있었냐는 듯 담담히 걸었다.

"생각했다."

한 걸음, 또 한 걸음

하후패가 산보하듯 걷고 있었다.

"왜 기운을 몸에 담아야 하는가."

하후패가 허공을 쓰다듬 듯이 손을 뻗었다.

"하늘 아래 모든 것이 기운인데, 왜 육신 안에 기운을 가두어야 하는가."

그 순간.

"이게 무슨!"

우드득.

언무강의 몸이 뒤틀리기 시작했다.

"끅, 끄으으윽!"

다리를 지탱하던 뼈가 부러져 살점을 찢고 나온다.

뒤로 나자빠진 언무강의 가슴과 배가 울룩불룩 솟아오르기 시작했다.

"으아아아아악!"

양손으로 자신의 몸을 움켜잡던 언무강이 원독과 공포가 뒤섞인 눈으로 하후패를 바라보았다.

"하후패에에에!"

하지만 하후패는 언무강에게 눈길도 주지 않았다.

"이상하지 않느냐?"

하후상의 이마에서 한 줄기 땀방울이 흘러내렸다.

지금 하후패가 보여주고 있는 무위가 결코 흔들리지 않던 그의 부동심을 깨고 육체를 짓누르기 시작했다.

"이상합니다."

"그래, 이상하지. 천하 모든 것이 기운인데, 왜 그걸 굳이 내

몸 안에 모아두어야 한단 말인가. 그게 마기이고, 혹은 선기라도 마찬가지이지. 생각을 하다 보니 하나의 결론을 얻을 수 있더구나."

"끅, 끅, 끅……."

핏덩어리가 되어버린 언무강이 바닥에 쓰러진 채 경련했다.

하지만 아무도 그를 구하러 나서지 않았다.

그를 구해야 한다는 마음보다 대체 무슨 일이 벌어지고 있는지 알 수가 없다는 혼란이 언가 전체를 지배하고 있었다.

"나를 정하기 때문이다."

하후상이 미간을 좁혔다.

선문답.

그저 선문답이다.

"무슨 말씀이시온지?"

"무학을 시작할 때 확립하는 것은 '나'다. 나의 손과 나의 병기로 나의 거리를 파악하고, 나의 육체에 기운을 모은다. 적과 나를 구분하고, 나를 이해한다. 그러니 중원의 무학은 다름 아닌 나를 확립해 가는 과정이라고 할 수 있지."

하후상은 고개를 끄덕였다.

뭔가 알 것도 같았다.

"나의 육체를 단련하고 주변의 기운을 끌어모아 나를 강화하지. 그러면서 마지막에는 나를 초월하여 자연과 하나가 되라고 한다. 이상하지 않으냐?"

저벅.

저벅.

하후패가 마침내 언가의 앞에 섰다.

그들은 달아나지 않았다.

눈앞에서 펼쳐지는 이 기이한 광경에 압도되어 주먹을 쥔 채 하후패를 멍하니 바라보고 있을 뿐이었다.

"우스운 일이지. 나를 확립하는 것을 기본으로 삼으며 결국에는 자연과 하나가 되라니. 그건 초월이 아니다. 극복이지. 하지만 우습게도 나를 확립할수록 극복은 어려워진다. 그래서 벽을 만나는 것이지."

"어렵습니다."

"어려울 것 없다. 나의 몸에 기운을 모은다는 집착을 버리게 되면 모든 것이 기운이라는 것을 알게 되지. 그것을 강호는 자연지도라 부른다. 예를 들자면……."

하후패의 눈이 언가에게로 향했다.

벌어진다.

그들은 직감했다.

지금 뭔가 엄청난 것이 벌어지리라고.

"대, 대체 뭐……."

말은 사라졌다.

콰아아아아아!

어디선가 몰려온 것이 아니었다.

언가가 도열해 있던 그 장소에 순간적인 바람이 불었다.

살을 찢고 뼈를 으스러뜨리는, 섬뜩한 기의 폭풍이 그들을 휩쓸고 지나갔다.

하후패의 손에서 발출된 것도 아니고, 어딘가에서 날아온 것도 아니었다.

그저 그 자리에서 생겨났다가 꿈인 것처럼 사라졌다.

그리고 그 결과는 예상외로 처참하지 않았다.

그저 붉었다.

붉을 뿐이었다.

시야를 가릴 만큼 맹렬한 폭풍이 눈 깜빡할 새에 불어닥치고 다시 눈 깜짝할 새에 사라졌다.

그리고 남은 것은 그저 붉은 대지.

"어… 어어……."

송검의 입에서 멍청한 신음성이 새어 나왔다.

무슨 일이 벌어진 건가.

대체 이곳에서 무슨 일이 벌어졌다는 말인가.

방금 저곳에 일백이 넘는 절정의 무인이 있었다.

그들 하나하나가 권기를 뿜고 권강을 날리는 초극의 고수란 말이다.

그런 그들이 지금 어디 있는가.

사라졌다.

그저 사라졌다.

비명 소리 한 번 지르지 못하고, 저항 한 번 해보지 못하고 사라져 버렸다.

그들이 그곳에 있었다는 증거는 바닥에 고인 핏물 한 줌뿐이다.

아마 죽는 그 순간까지 그들은 자신이 죽는다는 사실도 몰랐을 터.

짐작은 했다.

저자가 마제 하후패라면 상상도 할 수 없는 괴물일 거라고 짐작을 했다.

하지만 그래도 이건 아니지 않은가.

적어도 저항할 틈은 주어야지.

적어도 칼 한 번은 내지를 수 있어야 할 것 아닌가.

수십 년을 고련한 끝에 맞이하는 죽음이 자신도 알지 못하는 새에 육신마저 사라져 버리는 처참한 결말이라는 게 말이 되는가.

"보기보다 간단한 일이지. 대기에는 언제나 기운이 흐르고 있다. 그 기운을 약간만 충돌시키고 회전시키면 끝이지. 내 기운을 허비할 필요도 없고, 아주 효율적이다."

"하지만 그 경지에 오른 이는 고금을 통틀어 몇 되지 않겠지요."

"그래서 방식이 잘못되었다는 것이다. 어렵지 않은 일을 어렵게 하지 않느냐."

"이해했습니다. 가르침은 그것이 전부입니까?"

"나는 생각했다."

하후패의 눈이 멍하게 언가가 있던 곳을 바라보는 산동악가(山東岳家)에게로 향했다.

"나는 나의 기운을 다룰 수 있다. 그리고 자연의 기운도 다룰 수 있다."

그의 눈을 맞이한 악가의 식솔들은 마치 뱀을 본 쥐처럼 얼어붙어 버렸다.

"기운이다, 기운. 모든 무인들은 기운을 다루려고 애를 쓰지. 하지만 왜 아무도 자신의 기운과 자연의 기운에만 집착하는 것일까?"

하후상은 이마를 훔쳤다.

이마를 훔친 소매가 흠뻑 젖어 있었다.

아마 지금쯤 그의 등은 축축이 젖어 있을 것이다.

그의 무위가 높은 만큼 지금 그는 하후패가 보여주고 있는 일련의 행위들이 얼마나 말이 되지 않는 것인지 알 수 있을 테니까.

"기운은 또 있지 않느냐."

"끄아아악!"

"우우웁!"

"사, 살려……."

악가의 식솔들이 하나같이 경련을 일으키며 그 자리에서 쓰러졌다.

"나를 나누기 때문이다. 나에 집착하기 때문이지. 아(我)를 벗어나면 여(汝)가 존재하는 법이지. 아와 여를 나누기에 내가 가진 기운과 남이 가진 기운을 나누게 되는 것이다. 실제로는 그저 다 같은 기운일 뿐이지."

"꺼어어어억!"

"끄윽, 끅."

경련하던 이들의 몸이 제멋대로 뒤틀린다.

조금 전 보았던 바로 그 광경.

세 원로를 죽였던 그 상황이 다시금 벌어지고 있는 것이다.

다른 것은…….

이번에는 그 수가 일백이 넘는다는 것뿐.

"커억!"

피 분수가 뿜어져 나온다.

피.

입으로, 코로, 귀로, 팔로, 다리로, 배로, 가슴으로…….

갈라지고, 부러지고, 뒤틀려 피를 뿜어낸다.

괴이하다.

아니, 괴기롭다.

이 세상의 광경이 아닌 것 같은 지옥도가 지금 그들의 눈앞에서 펼쳐지고 있었다.

그 지옥도 가운데 하나가 서 있었다.

"후우, 후우우, 후우우……."

전신을 피로 물들였으나 쓰러지지 않은 자.

산동악가의 가주 악서공(岳徐公)은 눈을 뜨고 하후패를 노려보았다.

전신이 모두 붉은 가운데, 오로지 새하얀 눈이 섬뜩하게 보였다.

"아쉬운 것은 기운을 자신의 아래 완벽히 통제할 수 있는 자라면 나의 힘이 미치는 것에 한계가 있다는 것이지. 하지만 조금도 힘을 들이지 않는 것에 비하면 없는 것이나 마찬가지인 단점이라 할 수 있지 않겠느냐?"

하후패의 어투는 조곤조곤했다.

마치 무릎에 손자를 앉히고 이야기를 들려주는 할아버지처럼.

하후상은 그의 손자이지만, 결코 그의 무릎에 앉고 싶지는 않았다.

"지, 지옥에서……."

악서공의 눈에서 피눈물이 흘러내렸다.

일순간의 모든 식솔들이 피 분수를 내뿜으며 고통 속에 죽어가는 것을 보았을 텐데, 그의 심정을 어찌 사람의 심정이라 할 수 있겠는가.

"지……옥……에서……."

하후패는 고개를 저었다.

"기다리셔도 나를 볼 수는 없을 걸세."

털썩.

악서공의 몸이 바닥으로 쓰러졌다.

그 소리가 너무도 을씨년스럽게 들렸다.

툭.

송검은 아래를 내려다보았다.

검이 떨어져 있다.

정천검.

정천맹을 상징하는 천검 자영의 애검이 그의 손을 벗어나 바닥에 떨어져 있었다.

불경한 일이다.

있을 수 없는 일이다.

하지만 송검은 화들짝 놀라 검을 집는다거나 호들갑을 떨어대지 않았다.

그깟 검이 중요해 봤자 얼마나 중요하다는 말인가.

지금…….

그의 눈앞에 마제가 있는데.

하후패가 있는데.

이백이 죽었다.

눈 깜짝할 새에 이백이라는 수가 죽어 나갔다.

평소라면 난리가 날 일이었다.

적을 처단하러 달려드는 이도 있을 것이고, 공포에 떨어 소리를 지르는 이도 있을 것이다.

하나 그렇지 않다.

이백이라는 무인이 일순간 죽어 나갔음에도 이곳은 너무도 고요했다.

고요하다 못해 서 있는 이들 모두가 동상처럼 느껴질 지경이었다.

"다, 달아나……."

어디서 나온 말이었을까?

송검은 그 말을 내뱉은 이를 알고 싶었다.

나무라고 싶어서?

아니다.

이 압박감 속에 입을 열고 달아나라 말할 수 있는 그가 너무 대단해 보였기 때문이다.

정천맹의 맹주인 그도 입조차 떼지 못하고 그저 몸을 지탱하는 것이 전부인데 말이다.

"다, 달아나라!"

눌려 있던 만큼 튀어 오른다.

비현실적으로 여겨지던 현상들이 피부로 와 닿기 시작하자 남는 것은 단 하나뿐이었다.

공포.

심장이 멎을 듯한 공포.

그저 압도적인 공포!

그 공포 앞에 짓눌린 자들은 절대적인 죽음을 피해 달아나기 시작했다.

"으아아아아!"

"사, 살려줘어어!"

가장 먼저 대열이 무너진 곳은 정천맹의 외곽이었다.

하후패에게서 가장 먼 곳에 있던 자들.

상대적으로 압박을 덜 느꼈던 그들이 몸을 돌리고 팔과 다리를 짐승처럼 놀려 달아나기 시작했다.

하후패는 그 광경을 보지도 않은 채 말을 이었다.

"자연의 기운을 이용하고, 나의 기운을 이용하고, 타인의 기운을 이용한다. 다시 말하면 세상의 모든 기운을 이용할 수 있게 된다면 어떤 일이 벌어질 것 같으냐?"

"……."

하후패가 달아나는 이들을 바라보았다.

"이렇게 된단다."

콰아아아아!

이 세상의 것이 아닌 것 같은 소리가 울려 퍼졌다.

하지만 그것은 눈에 보이는 것에 비하면 아무것도 아니었다.

대지가 솟아오른다.

아니, 꺼진다.

폭풍이 불고 강이 범람한다.

솟아오른 대지를 바람이 휩쓸고 사람을 덮쳐 더욱 광포하게 날뛴다.

이윽고 거칠었던 흙먼지가 가라앉자…….

그 안에는 아무것도 남아 있지 않았다.

하후패는 조용히, 아주 조용히 선언했다.

"세상 어디에도……."

모두가 그의 말에 귀를 모았다.

마치 그 한마디에 그들의 목숨이 달려 있는 것처럼.

"달아날 곳은 없다."

그는 천천히 고개를 가로저었다.

"나는 약속했다. 천하여, 이곳이 그대들의 끝이자 모든 곳의 끝이 될 곳이다."

하후패.
전설과 신화 속에서 살아가던 고금제일의 마인.
마제 하후패가 지금 이곳에 강림했다.

78장
천재(天災)

"쿡쿡쿡쿡쿡."

하후상은 웃었다.

웃고 말았다.

지금 그의 앞에 보이는 이 장년인을 보자니 웃지 않고는 견딜 수가 없었다.

이 사람, 아니, 사람이라 부르기도 뭣한 이것을 뭐라 지칭해야 한다는 말인가.

가장 적당한 단어는 아마 그것이겠지.

천재(天災).

천재지변(天災地變)은 인간이 어찌할 수 없기에 천재지변이라 불린다.

아무리 인간이 힘을 쓴다 해도 태풍을 막을 수는 없고, 아무리 인간이 발악한다 해도 홍수를 막아낼 수는 없는 법이다.

인간이 할 수 있는 일이라고는 집을 튼튼히 짓고 제방을 쌓아 부디 이 하늘의 진노가 그들의 삶을 침범하지 않고 지나가기를 비는 것뿐이었다.

하지만 지금 눈앞에 있는 것은 그런 천재지변조차 아니었다.

그 스스로 의지를 가지고 인간을 죽이기 위해 살아 움직이는 천재(天災)였다.

상상할 수 있는 최악의 형태로 그는 나타난 것이다.

"해도 해도 너무하는군."

하후상은 자신이 생각할 수 있는 최악의 상황을 가정했다.

그리고 그것을 몇 번이나 고치고 또 고쳐 너무 심한 것이 아닌가 싶은 가정까지 하여 하후패의 무위를 상정했다.

그런데 지금 하후패가 단순히 장난치듯 보여준 무위만으로도 그의 가정은 무의미해져 버렸다.

"쿡쿡쿡쿡."

웃음이 난다.

어이가 없어서 웃지 않고는 견딜 수 없는 수준이다.

애초에 무학이라는 틀 안에서 하후패의 수준을 짐작한 것이 실수였다.

저건 무인이 아니다.

무학이라는 틀을 넘어선 그 무언가였다.

차라리 지옥의 수라가 현신한다면 더 기쁜한 마음으로 싸울 수 있을 것 같은 심정이었다.

"송검!"

하후상의 핏발 선 눈이 송검에게로 향했다.

넋을 잃고 있던 그가 마공자를 바라보았다.

"뭐하는 건가? 이대로 죽을 셈인가?"

"……."

송검은 대답하지 않았다.

아니, 대답하지 못했다.

그럼 뭘 어쩌란 말인가.

칼이라도 들고 저자와 싸우라고?

차라리 섶을 지고 불구덩이에 뛰어드는 것이 낫다.

차라리 혀를 깨무는 것이 좀 더 편한 죽음일 것이다.

"어차피 죽어."

으르렁대는 마공자의 목소리가 울려 퍼졌다.

"달아나도 죽는다. 싸워도 죽는다. 그렇다면 적어도 발악은 해봐야지!"

하후상의 독기 어린 눈이 마제에게로 향했다.

이 순간을 위해 이십오 년을 살아왔다.

마련을 손에 넣었다.

수도 없는 죽음의 고비를 넘기며 마련을 손에 넣었고, 천하 곳곳을 들쑤셔 이곳에 천하의 절반에 달하는 전력을 모았다.

과거, 마련과 마제가 중원을 침공했을 때, 그들을 상대했던 세력의 몇 배나 되는 힘이 바로 이곳에 모여 있다.

거기에 마련마저 합세했다.

할 수 있는 모든 것을 했다.

그럼에도 이토록 무력하다.

단 한 사람.

단 한 사람의 힘이 중원의 모든 역량을 모은 이들을 싸우지도 달아나지도 못하게 하고 있다.

"이렇게 죽으려고 무공을 배웠나?"

"이!"

송검의 눈이 벌게졌다.

모욕스럽다.

굴욕적이다.

적어도 그는 그런 말을 들어야 할 정도로 쉽게 살아오지 않았다.

'죽는 게 뭐라고.'

하지만 그렇지 않은 이들도 있는 모양이었다.

"도망치자! 도망쳐야 돼!"

"이건 미친 짓이야! 저 괴물과 싸울 수는 없어!"

혼란에 빠진 이들이 등을 보이며 달아난다.

그래도 본능은 남았는지 뭉치지 않고 곳곳으로 흩어져 달아나기 시작했다.

"멈추시오!"

송검이 소리를 질렀지만, 그들은 멈추지 않았다.

그들은 멈추게 하는 이는 따로 있었다.

콰아아아아!

벽.

거대한 기의 폭풍이 흙먼지를 말아 올리며 달아나는 이들을 갈가리 찢었다.

전처럼 깔끔하진 못했다.

워낙 넓은 공간을 점해서인지 깔끔하지 못하게 갈린 육편들이 사방으로 비산했다.

피의 비가 내린다.

"마제에에에에에!"

송검이 피 울음을 토했다.

하지만 하후패는 여전히 조금도 변화 없는 표정이었다.

"말했을 텐데……."

왜 내 말을 믿지 못하지?

그렇게 말하는 것만 같았다.

"이곳을 벗어나지 못한다고. 아니, 벗어난다 해도 다를 건 없다. 조금 늘어난 삶을 만끽할 수는 있겠지. 내가 언제 찾아올지를 기다리면서."

"흐흐흐."

제갈세가의 제갈현(諸葛賢)이 헛웃음을 흘렸다.

"차라리 여기서 죽는 게 낫겠군."

달아나면…….

달아나면 어쩔 것인가.

강호를 없애고 새로운 강호를 세우겠다고 말하는 마제였다.

그를 피해서 달아날 수 있을까?

어디로 가야 그를 피한단 말인가.

그는 언제고 찾아낼 것이다.

그리고 무인이라 불릴 여지가 있는 이들은 모두가 그의 손에서 죽음을 맞을 것이다.

달아나면?

언제고 찾아올지 모르는 마제를 기다리며 하루하루 불안에 떨면서 살아야 한다고?

그건 사는 게 아니다.

그 중압감과 공포를 어떻게 이겨낸다는 말인가.

지금도 미쳐 버릴 것 같은데.

"낄낄낄낄."

봉걸이 앞으로 나와 타구봉을 바닥에 내려쳤다.

"거지새끼들아!"

대답이 없다.

언제고 그의 말에 소리쳐 호응하던 개방도들마저 할 말을 잃고 침묵하고 있었다.

"이 빌어먹을 거지새끼들아!"

또 한 번 고함을 질렀다.

"왜 그러슈!"

"제기랄, 이 와중에도 거지새끼야, 거지새끼는."

"낄낄낄낄."

붕걸은 웃었다.

"어차피 뒈진다. 달아나도 뒈지고, 싸워도 뒈진다. 그럼 쪽팔리게 달아날 수는 없는 거 아니냐?"

"……."

"등 보이고 달아나다가 뒈지면 염왕 앞에서 뭐라고 할 거냐? 평생 없이 살았는데 쪽팔리게 도망치다가 뒈졌다고 말할 테냐? 선개(先丐)들이 아주 좋다고 하겠구나."

"악담을 한다, 악담을."

"뭐 저런 걸 방주랍시고."

입으로는 욕지거리를 내뱉었지만, 공포에 떨고 있던 개방도들이 핏발 선 눈으로 단봉을 뽑아 들었다.

"퉤, 어차피 뒈질 거……."

"죽어서 염왕한테 내가 그래도 마제 몸에 생채기는 내고 온 놈이라고 하면 위신이 좀 살겠지?"

"아서라. 생채기는 무슨 생채기."

"혹시 모르지. 생채기 정도면 말이야."

붕걸은 떨리는 다리로 필사적으로 스스로를 고무하는 거지들을 보며 낄낄 웃었다.

"부맹주니 뭐니 안 맞는 짓거리를 하느라 속이 뒤집어졌는데, 차라리 잘됐다. 자, 거지새끼들아. 우리는 언제나 마지막에 남고 가장 먼저 죽는다. 그게 거지니까."

"그래, 그게 거지지."

개방의 거지들이 흉흉한 기세를 뿜어내자 지금껏 혼란에 빠져 있던 다른 이들도 이를 악물기 시작했다.

그렇다.

어차피 달아나도 죽는다.

뒤가 막혀 있다면 가야 할 곳은 오로지 한곳 아니던가.

"어차피 우린 죽어."

"그럼 같이 죽기라도 해야지."

"마제를 죽인다면 역사에 이름이 남겠지?"

"꿈도 꾸지 마라. 네가 무슨!"

송검은 자꾸만 흐려지는 눈가를 훔쳤다.

'그릇이 아니야.'

새삼 느꼈다.

자신은 감히 이들의 가장 앞에 설 그릇이 되지 못한다.

호기도 아니고, 자신감도 아니다.

그렇다고 발악도 아니었다.

마주하는 것만으로도 무너질 것 같은 자신을 필사적으로 독려하고 또 독려한다.

일부러라도 아무것도 아닌 것처럼 자꾸만 말해 지금이라도 뒤돌아 뛰고 싶은 마음을 달래는 것이다.

'부끄럽구나.'

이름이나마 맹주라고 하는 그가 평무사만도 못하지 않은가.

기운이 몰아친다.

투기가 솟아오른다.

단 한 사람을 향해 수만이 내뿜어내는 투기에 대기가 뒤흔들리고 있었다.

하후상은 미소를 지었다.

궁지에 몰린 쥐는 고양이를 문다.

비록 이들이 쥐조차 되지 못하고 하후패를 고양이에 비교한다는 것은 어불성설이지만, 그 수가 오만이 넘어간다면 개미라도 범을 물어 죽일 수가 있는 것이다.

이들을 지배하고 있는 것은 단연코 공포.

달아나면 죽는다.

그럼 할 수 있는 방법은 빤하지 않은가.

먼 길을 돌았지만, 마지막에는 하후상이 그렸던 그림과 맞아떨어지고 있었다.

하후상이 할 것은 단 하나.

아직도 머뭇대고 있는 저들의 등을 밀어주는 것뿐이었다.

"광세천마(狂世天魔)!"

"충!"

"이끌어라!"

"충!"

그 말과 동시에 광세천마가 일련의 마인들을 이끌고 하후패에게 달려들기 시작했다.

마공자의 명령 때문에?

그런 것이 아니다.

하후패에 대한 증오?

더더욱 아니었다.

지금 광세천마를 지배하고 있는 것이야말로 진정한 공포였다.

마인들을 하나로 모으는 건 너무나도 쉬웠다.

마제가 너희조차 지우려 한다는 말 한마디면 충분하니까.

하후패가 얼마나 두려운 존재인지, 얼마나 잔혹한 존재인지 잘 아는 마인들은 그 말 한마디만으로 자신들이 무엇을 해야 하는지 쉽게 알 수 있었다.

죽기 전에 죽인다.

하후패를 죽이지 않는다면 마련은 개미 새끼 한 마리 남지 않고 멸망할 테니까.

그들이 이곳에서 모두 죽는다 해도 하후패를 쓰러뜨릴 수만 있다면 마련은 사라지지 않는다.

남겨진 가족들이 살아남을 테니까!

그들은 이미 그것을 알고 있었던 것이다.

"가자! 거지새끼들아!"

개방도들이 괴성을 지르며 하후패를 향해 돌진했다.

터질 듯한 심장을 억누르고 있던 타 문파의 무인들도 명령을 듣지도 않은 채 하후패에게 달려들었다.

등 뒤가 바다라는 것을 알아버린 쥐 떼들이 범을 물어뜯기 위해 달려들고 있었다.

이성이 사라지고 광기가 폭발했다.

"으아아아아!"

세상 전체가 광기로 물든 것만 같았다.

선두에 선 광세천마가 마기를 있는 대로 끌어 올린 채 하후패를 향해 달려들었다.

"마제에에에에!"

하후패는 그 광경을 바라보며 고개를 끄덕였다.

"좋다."

피잉.

하지만 그뿐.

하후패가 가볍게 손을 들어 올리자 광세천마의 머리가 터져 나가며 사방으로 비산했다.

머리를 잃은 몸뚱아리가 힘없이 바닥을 굴렀다.

콰득!

바닥에 굴러 떨어진 몸뚱아리를 짓밟으며 마인들이 하후패를 향해 달려들었다.

펑! 퍼펑! 펑!

하후패의 채 일 장 안에도 닿지 못한 채 마인들의 육신이 터져 나간다.

괴이한 광경이었다.

달려들고 있는 마인들의 눈에도 공포가 어렸다.

두렵다.

너무나도 두렵다.

지금이라도 당장 몸을 돌려 달아나고 싶다.

하지만 그렇다고 뭘 어쩌란 말인가!

달아나도 죽고, 그렇지 않다고 죽을 텐데!

"으아아아아아!"

"죽어라! 죽어라, 이 괴물아아아!"

광기.

광기에 물든 이들이 두 눈을 희번덕대며 하후패에게 달려들었다.

하후패를 중심으로 전후좌우, 사방팔방이 인의 장막으로 가득 찼다.

전진하지 못하는 자들을 하늘로 뛰어올랐다.

수십 개의 검이 마제의 심장을 노린다.

수십 개의 칼이 마제의 머리를 노린다.

사이사이로 암기가 쏟아지고, 바닥에서 창이 솟아올랐다.

하지만 그 무엇조차 마제 하후패의 몸에는 닿지 못했다.

"으아아아!"

"제, 제발! 제바알!"

"죽어! 죽어! 죽으라고!"

공포와 광기에 절망이 더해졌다.

죽일 수 있을까?

이 괴물을 정말 죽일 수 있을까?

어떻게 해야 죽일 수 있다는 말인가.

삼 장(三長).

길다면 길고, 짧다면 짧다고 할 수 있는 거리.

그 거리가 좁혀지지를 않는다.

마제의 삼 장 안으로 들어간 이들은 하나같이 핏물이 되어 그 자리에서 터져 나갔다.

하늘에서 터져 나간 핏물조차도 마제에게 닿지 못했다.

마제는 그저 쏟아지는 핏물 사이에서 멍하니 하늘을 올려다 보고 있었다.

"확실히 좋은 함정이다."

하후패는 담담했다.

아무것도 아니라는 듯이.

지금 이 순간에도 초개처럼 목숨을 버리고 있는 이들의 죽음 이 아무것도 아니라는 듯이.

사람이 개미를 밟아 죽인다 해도 이처럼 무심하지는 못할 터 였다.

"하지만 말이다… 생각해 보아라. 아무리 나라 한들 천하에 수없는 무인들을 모두 찾아 죽일 수가 있을까?"

무슨 말을 하는 걸까?

저자는?

"이미 보여주지 않았던가?"

송검의 몸에 소름이 돋았다.

설마?

순간, 상황이 일변했다.

"끄으으윽!"

"으아아아악!"

광기에 젖어 하후패에게 달려들던 이들이 일제히 바닥으로 쓰러져 몸을 움켜잡았다.

그들의 몸이 뒤틀리기 시작했다.

"의미 없는 일이지."

송검이 소리 질렀다.

"이런 미친!"

안 된다.

저래서는 안 된다.

하후패의 십 장 안으로 들어서던 이들이 모조리 몸을 뒤틀며 바닥으로 쓰러졌다.

겨우 저항하는 이들은 얼마 되지 않았다.

하지만 그들도 들끓는 기운을 가라앉히며 하후패를 공격할 여력까지는 없는 모양이었다.

"으아아아아아! 하후패!"

송검이 검을 뽑아 하후패에게 달려들었다.

십 장.

그 경계를 넘는 순간, 이변이 일어났다.

단전이 들끓어 오르더니, 그의 몸을 지키고 있던 공력들이 폭주하기 시작했다.

"크윽!"

단전에서 솟아오른 기운이 폭주하듯 심장으로 치닫고, 혈맥을 찢어발겼다.

'이건… 말도 안 돼.'

그가 쌓은 기운이다.

수십 년을 고련해 차곡차곡 쌓아온 기운이다.

그런데 그의 기운이 되레 그의 육신을 공격하고 있었다.

어떻게 이런 일이 가능하다는 말인가.

"으아아아아아!"

핏발 선 눈으로 하후패에게 달려들려던 송검을 붕걸이 잡아채 끌어내었다.

"놔!"

"정신 차리시오, 맹주! 개죽음당하지 말란 말이오!"

"개죽음?"

송검이 번들거리는 눈으로 붕걸을 바라보았다.

"개죽음? 개죽음이라 했소? 빌어먹을, 어차피 다 개죽음 아니오!"

"맹주!"

"눈이 있다면 보란 말이오! 저 괴물을 그 눈으로 보란 말이외다!"

짝!

붕걸이 송검의 뺨을 후려쳤다.

"이익!"

"저승에서 소요자 사숙께서 보시면 뭐라 하시겠소!"

"……."

"당신은 맹주요. 정천맹을 이끄는 맹주란 말이오. 죽어도 내가 먼저 죽소! 이미 두 번이나 맹주가 죽는 꼴을 보았는데, 내 눈 앞에서 또 그런 꼴을 보란 말이오?"

송검은 씩씩댔지만 더 이상 발작하지는 않았다.

"으으으……."

피눈물이 흐른다.

수백이 죽었다.

앞으로도 수천이 죽을 것이며, 막아내지 못한다면 수만이 죽을 것이다.

그리고 마지막으로는 수억이 죽을지도 모른다.

공포가 그의 이성을 앗아갔다.

그 모든 것을 알고 있으면서도 아무것도 할 수 없다는 무력감은 무인으로서 가장 치욕스러운 일이니까.

"제기라알!"

송검의 눈이 한곳으로 향했다.

증오스럽고 증오스러운 하후패가 아니었다.

"마공자!"

그들의 뒤에서 그 광경을 지켜보고 있는 하후상에게로 향했다.

"이제 내가 눈에 보이는 모양이군."

"방법은! 방법은 있는 거요?"

하후상이 미소를 지었다.

"그도 사람이겠지."

"……."

"지금은 저리 쉽게 막아내고 있지만, 그게 언제까지일까? 여기 있는 이들이 모두 쓰러질 때까지 막아낼 수 있을까?"

하후상은 고개를 저었다.

"아무리 천인의 공력을 가졌다고 하나, 아무리 자연지기를 이용한다고는 하나 결국에는 사람. 한계는 있다. 쏟아붓고, 쏟아붓고, 또 쏟아부어."

"여기에 있는 자들의 목숨을 모조리 내던지란 말이오?"

"다른 방법이 있다면 따르지. 그리고 여기에 있는 자들이 막지 못하면 그 뒤엔 모두가 죽어."

서늘한 말이었다.

"그대들만 죽고 있는 게 아니야. 마련도 죽어간다. 우리는 알고 있었음에도 이곳에 왔다. 저 괴물을 막기 위해서. 그렇지 않으면 모두가 죽는다는 걸 알고 있으니까!"

송검이 부들부들 떨리는 몸을 일으켰다.

"정천맹주의 이름으로 명한다!"

"충!"

그의 목소리는 갈라지고 찢어져 형편없었고, 들려오는 대답은 공포와 광기에 젖어 과격하기 그지없었다.

"죽여라! 하후패를 죽여! 공격해라! 또 공격해! 죽음을 두려워하지 마라! 나도 따라간다! 마지막에 단 한 사람이라도 우리가 서 있게 된다면, 천하는 그대들을 영원히 기억할 것이다!"

"으아아아아아!"

송검의 외침에 무인들이 호응했다.

죽음을 알면서도 달려든다.

핏물로 화할 것을 알면서도 뛰어들고 있었다.

지옥.

절망과 광기와 공포가 지배하는 피의 대지가 바로 이곳에 펼쳐지고 있었다.

그야말로 지옥도.

하후상은 그 광경을 보며 봉연의 허리를 끌어안고 슬그머니 몸을 뒤로 뺐다.

"보이느냐?"

"예, 보입니다."

"즐겁지 않으냐?"

"……."

"보아라, 봉연아. 미친 살육귀와 저주 받을 배덕자가 어울려 놀고 있구나. 킄킄킄킄."

"마공자……."

"이십오 년을 기다렸다, 이십오 년을! 이 광경을 만들어내기 위해서 이십오 년을 뼈를 깎고 살을 뜯으며 기다려 왔다. 저 간악한 자들의 피로 그분들의 영혼을 달래기 위해서. 저 미친 마귀를 죽이기 위해서!"

마공자의 음성은 여느 때와 달랐다.

피맺힌 절규.

항상 담담하고 깔끔한 모습을 유지하던 그가 잔뜩 핏발이 선 눈으로 절규를 토하고 있었다.

"이 미친 세상을 정화하는 거다. 배덕의 대가로 누리지 말아야 할 것을 누려왔던 이들이 그 대가를 받는 거지. 그래, 그래서 이곳이 모든 곳의 종착지란다."

하후상의 우수에 검은 기운이 몰려들었다.

"참을 수 없는 것이 무엇인지 아느냐?"

"마공자!"

"그럼에도! 저 배덕자들이 죽어가는 이 즐거운 광경을 보고 있음에도 나는 속에서 끓어오르는 저 마귀에 대한 증오를 멈출 수가 없다. 내 살을 바르고 내 뼈를 갈라 저 마귀를 죽일 수 있다면 그럴 수 있을 만큼!"

하후상의 우수가 강렬하게 뻗어져 나갔다.

"하후패에에에에에!"

마공자의 우수에 뭉친 검은 마기들이 뭉치고 들끓더니, 이내 한 줄기 빛이 되어 하후패를 향해 날아들었다.

지금까지 누구도 뚫지 못했던 삼 장의 벽을 깨고 마기가 하후패의 육신으로 파고들었다.

"흠?"

하후패의 눈이 살짝 커졌다.

하지만 그뿐.

하후패의 좌장이 빛줄기를 튕겨냈다.

콰콰콰콰콱!

방향이 틀어진 빛줄기가 달려드는 이들과 부딪치며 거대한 기의 폭발이 일어났다.

하후패는 그 광경을 가만히 지켜보다가 하후상에게로 고개를 돌렸다.

"생각 이상이군."

"크큭크큭크."

하후상의 눈이 붉게 물들었다.

"네가 말했지……."

하후상은 절규했다.

"적으로부터 배워라, 악의 속에서 둘러싸여 살아남아라! 하지만 웃기는 소리지. 내 적은 처음부터 단 하나였다. 오로지 너 하나뿐이었어!"

하후패의 얼굴에 처음으로 변화가 일었다.

미소.

미소였다.

그의 입가가 가볍게 말려 올라가고 있었다.

"훌륭하다."

"닥쳐!"

하후상의 눈이 증오로 물들었다.

"마공자!"

봉연의 외침에 하후상은 심호흡을 했다.

아직! 아직 아니다!

아직은 이 증오에 몸을 맡길 때가 아니었다.

아직은 그의 숨통을 끊으러 갈 때가 아니었다.

조금 더 기다리고 조금 더 침착해야 한다.

알고는 있다.

알고는 있지만!

이 하찮은 목숨을 담보로 그를 죽일 수 있다면 기꺼이 목을 잘라 춤을 출 수 있을 만한 증오를 어찌 억누르란 말인가!

이십오 년을 참아왔는데, 더 이상 어떻게 참으란 말인가!

쫘악.

그의 손을 움켜잡는 작은 손이 느껴졌다.

"후……."

마공자는 빙그레 웃으며 봉연의 허리를 감은 손에 힘을 주었다.

"걱정 안 해도 된다. 내가 조금 흥분한 모양이구나."

"어울리지 않습니다."

"그래, 어울리지 않지. 나답게 가자꾸나, 나답게. 적어도 마지막 순간까지는."

하후상이 필사적으로 자신을 되찾고 있을 때…….

하후패는 지루해하고 있었다.

그는 마공자 하후상을 높게 평가했다.

그가 가진 피가 무엇인지 생각한다면 그의 재능은 보통 사람은 감히 범접할 수 없을 수준일 터이고, 하후패가 그에게 내린 환경은 성장하기에 가장 좋은 환경이었다.

최고의 환경과 최고의 재능을 가진 이가 이십오 년이 넘게 자신에 대한 증오를 키워왔다.

그런 이가 만들어낸 함정은 적어도 하후패를 조금은 즐겁게 해줄 수 있을 것이라 믿었다.

아직은 못미더운 유진천보다 하후상을 먼저 찾아온 이유가 바로 그것이었다.

하나……

지금 하후상은 그를 실망시키고 있었다.

조금 전 그에게 향했던 일격은 즐거웠다.

직접 육체를 사용한 적이 대체 얼마 만이던가.

하지만 그뿐.

"지루하군."

하후패가 손을 뻗었다.

그리고……

콰아아아아아아앙!

모두가 멈춰 섰다.

달려들던 이들도, 달려들려 준비하던 이들도.

심지어 바닥에 쓰러져 고통에 겨워하던 이들마저도 잠시잠깐 고통을 잊은 채 하후패가 만들어낸 광경을 보며 두 눈을 찢어질 듯 부릅떴다.

무(無).

아무것도 없다.

하후패의 손 앞에는 이제 아무것도 존재하지 않았다.

달려들던 무인들은 사라졌고, 그들의 뒤로 뻗어져 있는 전각과 건물들조차 사라졌다.

모든 것이 사라져 버렸다.

이 믿지 못할 광경을 만들어낸 하후패는 자신이 펼쳐 낸 참상에는 관심이 없는 듯 눈살을 찌푸렸다.

"이게 전부인가?"

"……"

대답은 없다.

"그렇다면 그만하지. 너는 나를 실망시켰다."

하후상은 이를 드러냈다.

"그럴 일은 없어."

"추하군."

"다시 한 번 말하지. 그럴 일은 없어. 이제 시작일 뿐이야."

"시작?"

"그래, 시작! 시작은 지금이지!"

그 순간, 하후패의 등 뒤에서 하나의 그림자가 솟아올랐다.

영사천마(影寫天魔).

천마들 중에서도 가장 은밀한 기동이 가능한 영사천마가 드디어 하후패의 뒤를 잡은 것이다.

"마제!"

영사천마의 독조(毒爪)가 하후패의 등을 파고들었다.

하나 무의미한 짓.

하후패의 등에 닿기도 전에 영사천마의 우수는 핏물이 되어 터져 나갔다.

"끅!"

짧은 신음을 삼킨 영사천마가 다시금 좌수를 휘둘렀다.

"쓸데없는."

퍼엉!

하지만 쓸데없는 짓이 아니었다.

터진 좌수에서 새하얀 가루의 분진이 일어나 하후패의 전신을 덮었다.

하후패는 굳이 피하지 않고 가루들의 세례를 맞았다.

"독?"

하후패가 혀를 찼다.

"무의미한 짓을 하는군."

우득.

영사천마의 목이 저절로 꺾였다.

길게 혀를 빼문 영사천마의 육신이 바닥을 굴렀다.

"내게 독이 통하리라 생각한 것인가?"

하후상은 고개를 저었다.

"아니, 통하지 않겠지. 당신을 중독시키려 한다면 당문주와 오독문주가 천 년을 고민한다고 해도 답이 나오지 않는다는 것쯤은 이미 알고 있다."

"그런데도?"

"하지만 독이 아니면 어떨까?"

"소용없다."

"그렇겠지. 소용이 없겠지. 하지만 소용이 있는 것이 있지."

하후패의 미간이 좁아졌다.

"이건?"

"만년삼왕."

"……."

"천년하수오, 천년화리의 내단, 가루라의 심장, 교룡의 상피

(上皮)……."

"영약?"

"큭큭큭큭."

마공자 하후상이 소리쳤다.

"독은 듣지 않아! 알아, 독은 절대 듣지 않겠지! 하지만 영약이라면 어떨까? 저절로 모든 독을 알아서 중화시키고 배출해내는 당신의 육체라면 쏟아지는 영약의 기운을 모조리 흡수하려고 하지 않을까?"

"그렇군."

"그리고 영약의 기운은 다스리지 않으면 들끓는다. 그 상태로 공력을 뿜어내고 싸울 수가 있을까? 독도 잘 쓰면 약이라지? 반대로 약도 잘 쓰면 독이 되는 법이지."

하후패는 고개를 끄덕였다.

"확실히 그렇군."

영약의 기운을 받아들일 때 조심하지 않으면 주화입마에 빠진다는 것은 누구나 아는 상식이다.

하지만 그걸 아는 누구도 그 영약을 무기로 쓰려 하지 않는다.

무기로 사용하는 것보다 약으로 사용할 때 그 효율이 훨씬 높기 때문이다.

하지만 하후상은 반대로 생각했다.

어차피 어떤 독도 듣지 않는 만독불침을 상대로 한다면 기운이 높은 영약일수록 더 큰 여파를 가져올 것이다.

마련의 자금을 모조리 끌어모아 영약을 모으고 또 모아 정제해 가루로 만들었다.

그 가루가 지금 하후패의 육체로 파고들고 있는 것이다.

"확실히 이 기운을 다스리는 것도 부담이 되는군. 하지만 그뿐이다. 부담스러울 뿐, 하지 못할 일은 아니지."

"그래, 말했잖아! 이제 시작이라고!"

대화를 하는 와중에도 마인들과 무인들이 하후패에게 무수한 공격을 쏟아내고 있었다.

대부분은 근처까지 다가가지도 못했지만, 하후패의 기운을 이겨낸 절정고수들은 삼 장까지 접근해 막대한 공력이 담긴 강기를 날려 댔다.

튕겨 나간다.

하지만 튕겨 나간다.

그럼에도 멈추지 않았다.

이미 일만에 가까운 이들이 목숨을 잃었음에도 하후패의 몸에는 생채기 하나 나지 않았다.

그럼에도 모두가 멈추지 않는다.

알게 된다.

싸우면 싸울수록 알게 된다.

하후패가 그 무위를 뿜어낼수록.

저 절망스러운 신위를 보고 있을수록 알게 된다.

여기서 이자를 막지 않으면 멸망이다.

중원의 역사에 이만한 이들이 한곳에 모인 일은 없었고, 다

144

시는 없을 것이다.

이 전력으로도 막지 못한다면 정말 강호는 사라지게 된다.

무와 관련된 모든 이들을 죽인다는 말은 이곳에 있는 이들의 가족과 친지 모두가 목숨을 잃게 된다는 의미였다.

달아나면 가족과 함께 죽는다.

그나마 이곳에서 하후패와 함께 죽는다면, 남겨진 이들은 살아갈 수 있다.

적어도 자신이 이 강호에서 살아갔다는 흔적은 남길 수 있다!

그걸 깨달은 이들은 더 이상 서로를 독려하지 않았다.

독려는 필요 없다.

이제는 누구도 물러서지 않는다.

단지 핏발 선 눈으로 입술을 깨물며 달려들고, 또 달려들 뿐이었다.

자신의 죽음이 저 괴물의 힘을 단 일 푼이라도 줄일 수 있기를 바라며, 목숨을 초개처럼 던지고 있었다.

그것 역시 광기.

평소라면 절대 벌어지지 않을 일이었다.

하후패의 존재가 안겨주는 공포가 이들의 사고를 틀어막고 있는 것이다.

"쓸데없는 짓을."

하후상의 미소가 짙어졌다.

하후패가 조금씩 짜증을 내고 있다.

여유롭다 못해 무덤덤해 보이기까지 했던 하후패가 감정을 드러낸다는 것은 희소식이다.

마음대로 풀리지 않고 있다는 의미니까.

조금 전의 그라면 설사 아무리 하후상이 무의미한 짓거리를 하고 있다 해도 짜증을 내지는 않았을 것이 분명했다.

"시작해!"

마인들이 하후패에게 달려들었다.

콰앙!

그리고 터져 나간다.

하지만 이번의 폭발은 명백히 지금까지의 폭발과는 달랐다.

한 줌의 핏물이 아닌, 폭염과 폭연을 동반한 폭발이었다.

하후패의 미간이 좁아졌다.

"막아내겠지. 그래, 막아낼 거야. 애초에 막지 못할 거라고 는 생각하지 않았어."

하후상이 이죽거렸다.

"그렇지만 그 충격이 없어지는 것은 아니지. 미약한 물방울 이 수없는 세월 동안 떨어져 바위를 뚫듯이 미약하고 미약한 충격도 쌓이겠지. 쌓이고 쌓이다 보면 어떻게 될까?"

화탄.

간단한 방법이다.

강기는 기운으로 이루어져 있다.

무학의 이치라면 그 누구도 범접할 수 없는 이가 바로 하후 패였다.

하지만 화탄이라면 이야기가 달라진다.

그 힘은 강기에 미치지 못할 수도 있지만, 단순히 무학의 이치로 그 충격을 모조리 막아내기는 힘들지 않을까?

그게 아니라면 이미 황실은 강호에 정복되었을 것이다.

마련의 첫 공격 대상 중 하나에 황실이 들어 있던 이유도 마공자 하후상의 치밀한 계획에서 나온 것이었다.

하지만 쉽게 할 수 있는 방법은 아니었다.

쾅! 쾅!

화탄이 터질 때마다 화탄을 품고 있는 이는 반드시 죽는다.

그리고 주변도 무사하지 못한다.

하후패가 주는 피해와 화탄이 주는 피해가 동등할 지경이었다.

목숨을 도외시하고 달려들 수 있어야만 쓸 수 있는 전략이었다.

그리고 마인들은 마공자의 명을 충실히 따랐다.

얼핏 무모한 방법이지만, 이 것이 가장 확실하다는 것을 알고 있기 때문이다.

"재미있군."

하후패의 얼굴에 미소가 감돌았다.

예상치 못한 방법이 속속들이 나오고 있었다.

그가 바란 방향은 아니지만, 이것도 나쁘지는 않았다.

사실 백 년 전에도 하지 못했던 것을 지금의 하후패에게 해줄 수 있으리라 바라는 것은 헛된 일이라는 사실을 하후상도 잘 알고 있었으니까.

단순히 무학을 이용한 방법이라면 그게 무엇이든 하후패에게는 털끝만 한 피해도 줄 수 없을 것이다.

"마음에 든다, 마음에 들어. 정말 훌륭하게 자라났구나, 내 손자여."

"그 주둥아리 찢어버리기 전에 닥치는 게 좋을 거야."

"후후, 정말 마음에 드는군."

순간, 하후패의 눈이 빛났다.

"이게 끝인가?"

"……"

"그럴 리가 없겠지? 더 있겠지. 나의 목을 취하기 위해 꼭꼭 숨겨놓은 것들을 꺼내놓아 보아라. 나를 더 재미있게 만들어보아라, 하후상."

"비장의 패는 마지막에 꺼내놓는 법이지."

"그럼 마지막이 되면 되겠군."

그 말이 신호였다.

우우우우우웅.

대기가 떨린다.

대지가 뒤틀린다.

"끄윽……"

하후상마저도 하후패를 중심으로 도는 미증유의 거력에 순간 날아가 버릴 것만 같은 의식을 필사적으로 붙들어야 했다.

'다른 이들은?'

아니다.

그들은 하후상만큼 충격을 받지는 않았다.

이 중에서 하후상이 가장 기감이 멀쩡한 만큼 가장 큰 충격을 받은 것이다.

나름 고수라 칭할 수 있는 이들은 공포에 젖은 눈으로 하후패를 바라보았고, 그 기운을 느낄 수 없는 이들은 심상치 않은 분위기에 영문을 몰라 했다.

그리고…….

터져 나간다!

고오오오오오.

대기가 대지가 모조리 터져 나간다.

하후패를 중심으로 폭풍이 일었다.

명검보다 날카로운 기의 폭풍이 그를 싸고돌며 회전하여 모든 것을 가르고 부수고 찢어발겼다.

비명은 없었다.

남은 것은 흔적뿐.

하후패를 중심으로 한 거대한 공간이 온통 피로 물들었다.

시체의 산.

피의 바다.

시산혈해라는 말이 무엇인지 궁금하다면 이곳을 보면 되리라.

덜덜덜.

하후상은 떨리는 손을 필사적으로 억눌렀다.

'아직, 아직인가?'

아직도 더 남았다는 말인가.

그만큼 보여줬으면 이제 충분하지 않은가.

그런데도 아직도 이만큼이나 더 남아 있으면 어떻게 하라는 건가.

하후상이 느낀 절망을 다른 이들도 느끼고 있었다.

멈추었다.

끝도 없이 이어지던 공격이 멈췄다.

늘어뜨린 병장기에서 그들의 절망과 불안을 느낄 수 있었다.

정말 통하고 있는 걸까?

개죽음은 아닐까?

같은 생각이 그들에게 오고 있을 것이다.

그보다 더욱 절망적인 것은, 그만큼의 목숨이 산화했는데도 하후패는 처음과 전혀 달라진 것이 없다는 점이다.

생채기 하나라도 났다면, 옅은 핏자국 하나라도 보였다면 이토록 절망적이지는 않을 것이다.

으득.

하후상은 이를 악물었다.

아니다.

통하고 있다.

전혀 통하지 않고 있었다면 저리 과격한 모습은 보이지 않았을 것이다.

통하고 있으니 물러서게 만든다.

그게 설령 사실이 아닐지라도 지금은 그리 믿어야 한다.

'아직인가? 아직?'

모두가 죽어도 상관없다.

하후상의 입장에서는 이들은 모두 죽어야 하는데, 아직 살아 있는 자들이다.

살아 있음에도 그 삶의 죄스러움을 전혀 알지 못하는 배덕자들일 뿐이다.

그럼에도 초조해지는 것은 이 모든 이들이 쓰러졌을 때 마지막에 서 있는 자가 하후패가 될지도 모른다는 불안함 때문이었다.

"아직인가?"

머릿속에만 있어야 할 말이 저도 모르게 흘러나왔다.

하후상은 혀를 살짝 물었다.

통증과 함께 비릿한 핏물의 맛이 돌자 정신이 좀 드는 느낌이었다.

지금 가장 우선해야 할 것은 한 번 식어버린 이 열기를 다시 어떻게 끌어 올리느냐였다.

방금 전, 하후패의 신위를 본 이들은 다시 달려들 엄두를 내지 못하고 있다.

이러다가 누군가 등을 돌린다면 모두가 달아나 버릴 것이다.

그럼 끝이다.

이 수많은 희생을 뒤로한 채 그들은 하후패에게 어떠한 피해도 입히지 못하고 패하는 것이다.

그것으로 천하는 끝이었다.

'웃기는군.'

마련의 련주인 하후상이 마치 천하의 안위를 위해 싸우고 있는 것 같지 않은가.

우스운 일이었다.

정사마를 통틀어 이곳에 있는 이들의 목표는 오로지 하나였다.

하후패의 죽음.

그것을 위해서라면 뭐든 할 수 있다.

천하의 안위?

지켜주지.

얼마든지 지켜준다.

껍데기뿐인 천하 따위는 관심도 없다.

'어떻게 한다?'

꺼진 불을 다시 붙여야 한다.

그리고 그 역할은 하후상이 할 수 있는 게 아니었다.

쉬이이익!

그때.

뿜어져 나간 검강이 하후패에게로 날아갔다.

스슥.

비록 하후패에게 닿지는 못했지만, 누군가 먼저 공격을 했다는 것이 중요했다.

"왜 멈추는 거지?"

송검.

정천맹주인 그가 천천히 걸어 하후패에게로 다가갔다.

"무서워서?"

다시 한 번 검강이 뿜어진다.

"두려워서?"

줄줄이 뿜어진 검강이 하후패에게로 날아든다.

"달아나면 무섭지 않은가? 두렵지 않은가?"

하후패는 희미한 미소를 띤 채 송검을 바라보고 있었다.

"나는 무섭다. 나는 두렵다! 지금 이 순간에도 무서워 미칠 것만 같다!"

송검의 고함이 정천맹도들에게 똑똑히 들렸다.

"그렇다고 달아날 수는 없다. 나는 정천맹의 맹주다."

맹주.

비록 그는 천검이 아니지만, 정천맹을 이끌어 나가는 자였다.

그의 어깨에 그 무게가 똑똑히 실려 있었다.

"무사는 사는 방법을 정하는 게 아니다! 죽을 곳을 정하는 게 무사다!"

송검이 하후패에게 달려들었다.

"우린 오늘 여기서 죽는다!"

"으아아아아!"

송검에 외침에 호응한 것은 붕걸이었다.

언제부터인지 한 팔이 날아간 붕걸이 상처를 더러운 천으로 얼기설기 동여매고는 하후패를 향해 날아들었다.

불이 붙는다.

무인들이 피눈물을 뿌리며 다시금 하후패에게로 달려들었다.

'제기랄.'

그 광경을 보는 하후상의 가슴마저 떨렸다.

죽음을 알고 있지만 피하지 않는 이들.

저런 이들이 이곳을 지키고 있기에 중원은 지금까지 버텨온 것이겠지.

'그럼 왜 그때는 그러지 못했나!'

백 년 전이었다면 방법이 있었을 것을, 지금보다 피해가 적었을지도 모르는데!

왜 지금 내는 용기를 그때는 내지 못했던 걸까!

"제기랄."

하후상이 소리쳤다.

"언제까지 기다려야 하는 거냐! 대체 언제까지! 다 죽고야 나타날 셈이야!"

그때, 하후상의 귓가를 파고드는 음성이 있었다.

"재촉할 것 없소. 이미 도착했으니까."

79장
반격(反擊)

하후상의 얼굴이 환희로 물들었다.

왔다.

이제야 왔다.

"너무 늦었잖아! 이 쓸모없는 놈!"

"무능한 인간이 할 수 있는 일이야 한계가 있지."

하후상은 자신을 보며 담대하게 대답하는 이의 얼굴을 보며 소리쳤다.

"준비는 끝났겠지, 제갈진?"

"재촉할 것 없다고 말했을 텐데?"

제갈진.

제갈휘의 아버지이자 정천맹의 맹주 대리. 그리고 이전 정천 맹의 군사였던 그가 지금 이곳에 있었다.

정천맹의 본단이 무너졌을 때 실종되었던 그가 죽지 않고 나타난 것이다.

제갈진이 소리쳤다.

"들어라!"

지옥과도 다름없는 전장에 제갈진의 목소리가 또렷하게 울려 퍼졌다.

"군사!"

"맹주 대리!"

제갈진의 목소리를 들은 정천맹도들은 화색이 되어 제갈진을 향해 소리치고 화답했다.

수십 년간 정천맹의 군사로서 그들을 이끌어온 제갈진이 살아 있다.

그 안도감은 지금까지와는 정도를 달리했다.

제갈진이라면 반드시 결과를 내줄 것이다. 제갈진이라면 이 지옥 같은 전투를 끝내줄 것이다.

그런 믿음이 팽배했다.

"살아 계셨소!"

들려오는 말은 많지 않았다.

평소라면 거창한 환대가 이어졌겠지만, 시기도, 상황도 좋지 않았다.

제갈진은 빠르게 상황을 정리했다.

"오늘의 죽음으로 내일의 삶을 산다! 목숨을 아끼지 마라! 명한다! 달려들어라! 마제를 붙들어놓아라! 뒤는 내가 맡겠다!"

"충!"

뒤는 내게 맡기라는 말에 무인들의 눈에서는 생기가 돌았다.

방법이 있다.

저 인간 같지도 않은 괴물을 끝장낼 방법이 있는 것이다.

하후상이 소리쳤다.

"둘 다 준비됐겠지?"

"내가 아무리 무능하다고 해도 하나 때문에 이렇게 시간을 길게 끌 것 같은가?"

"그럼 뭘 주저하고 있나."

"지금도 하고 있는 중이니 기다려라."

"언제까지?"

"지금 죽어 나가는 건 내 피 같은 수하들이니, 그냥 닥치고 기다리란 말이다! 당신보다 내가 마음이 더 급하니까!"

하후상은 제갈진의 얼굴을 보며 고개를 끄덕이고 말았다.

그가 아무리 초조하다고는 하나 제갈진만큼 초조하지는 않을 것이다.

형제 같고 자식 같은 수하들을 단순히 하후패를 잡아놓기 위해 사지로 몰아넣고 있으니까.

그 심정을 하후상이 어찌 짐작하겠는가.

표정 없는 얼굴과는 달리 팔짱을 끼고 있는 제갈진의 손이 팔뚝을 파고들고 있었다.

피가 줄줄 흐르고 있지만, 본인은 느끼지도 못하는 듯했다.

지금 이 순간에도 수십의 목숨이 달아난다.

죽음을 알면서도 그의 명 하나에 목숨을 초개처럼 버리는 무인들.

하나의 죽음이 쌓일 때마다 가슴 안이 타오르듯 저려왔다.

하지만 버틴다.

군사란 그런 것. 목적을 위해서라면 무엇이라도 버리고 또 버리며 버티는 것이다.

마지막 한순간을 위해!

"시행하라!"

제갈진의 목소리가 쩌렁쩌렁 울렸다.

제갈진의 명이 떨어지자 눈에 보이지도 않을 만큼 멀리서부터 거대한 돌탑이 세워지기 시작했다.

어디선가 나타난 인영들이 돌탑을 세워 올리고 전력으로 질주하며 여기저기에 깃발을 꽂았다.

알 수 없는 행동들이다.

하지만 효과는 즉시 나타났다.

"으음?"

하후패는 주위를 둘러보았다.

"밤? 아니, 어둠인가? '

보이지 않는다.

한 치 앞도 보이지 않는 어둠이 그를 감싸고 있었다.

어둠과 어둠이 층층이 쌓여 그 밀도가 느껴질 만큼 짙은 어둠이 그의 주위를 완벽하게 봉쇄했다.

언제부터?

"이건 진법인가?"

하후패가 손을 뻗어 그를 감싸고 있는 어둠을 어루만졌다.

보이지 않는다.

그러고 보니 조금 전부터 아무 소리도 들리지 않는다.

뻗은 손도 보이지 않았다.

어둠이 그를 둘러싼 것인지, 그가 어둠 속에 빠져든 것인지 구분이 모호했다.

그는 무의 화신이자 마의 화신.

무학으로는 어떠한 것도 풀어내지 못할 것이 없지만, 진법은 이야기가 다르다.

진이 있다면 힘으로 부수어 버리기 일쑤였던 그에게 이러한 진법은 그저 생경한 것이었다.

그의 육체에서 뿜어져 나온 기운이 사방으로 치달렸다.

검은 기운.

지금까지처럼 주변을 이용하거나 자연지기를 끌어온 것이 아니었다. 그의 단전 깊숙이 꼭꼭 숨어 있던 마기가 둑을 허물고 뿜어져 나오고 있었다.

그의 주위를 둘러싸던 이들이 마기에 휩싸여 비명도 지르지 못하고 절명했다.

하지만 어둠은 걷히지 않았다.

"물러서지 마라!"

제갈진의 고함 소리는 그들에게 닿지 않았다.

그들 역시 진 안에 있으니까.

하지만 그 의지만은 전달되었는지 누구도 물러서지 않았다.

하후패의 앞에서 물러서지 말라는 것은 죽으라는 소리였다.

언젠가 그는 그의 아들에게 말했다.

죽으라 명을 내리는 것이 군사의 일이라고.

지금 그는 그때의 말을 충실히 지키고 있었다.

하지만 그때 그가 말했던 것처럼 그의 명을 들은 이들은 죽음을 알면서도 결코 물러서지 않았다.

'젯값은 지옥에서 갚는다.'

지금은 그저 집중할 때였다.

"완성인가?"

이 진을 준비하기 위해 얼마나 많은 계산을 하고, 얼마나 많은 것을 소모했던가.

하후상이 정천맹의 본단으로 쳐들어왔던 그날.

제갈진은 하후상에게 모든 것을 들었다.

하후패가 오고 있다는 것.

그것을 막아야 한다는 것.

혼란스럽고 증오스러웠다. 하지만 손을 잡지 않을 수 없었다.

눈앞에 있는 마인 놈이 수많은 정천맹도의 목숨을 앗아갔다는 것을 알기에 증오스럽기 그지없지만, 그 외에는 방법이 없다는 것도 납득했다.

수많은 피가 흐르고 죽음을 겪겠지만, 마제 하후패를 막기 위해서는 반드시 필요한 죽음이라는 것에 동의할 수밖에 없었다.

임시 맹주밖에 되지 않는 그가 아무리 간곡히 부탁한다고 해도 엉덩이가 무거운 명문들이 산문을 박차고 나와 하나로 뭉칠 리는 없으니까.

그들을 뭉치게 할 수 있는 건 오로지 위기감뿐이었다.

그렇게 뭉치지 않으면 모두가 죽는 다는 위기감.

실제로 다를 것도 없었다. 뭉치지 않으면 하후패의 손에 모두가 죽을 테니까.

하후패가 북상하고 있다는 정보를 들은 제갈진은 정천맹의 맹주라는 자리도 포기했다. 그들을 지켜야 한다는 사명조차 포기했다.

더 큰 것을 위해서라면 내줄 것은 내준다.

그것이 제갈진이 생각하는 군사였다.

그때부터 그는 하후상과 뜻을 함께했다.

하후상이 중원을 들쑤시는 동안 하후패의 강림을 대비했다.

그 첫 번째가 바로 이 진이다.

"귀곡문 놈들을 설득하는 데 시간이 이리 걸릴 줄이야."

하지만 성과는 있었다.

덕분에 하후패가 찾아올 이곳에 먼저 마라환상대진(魔羅幻想大陣)을 설치할 수 있었으니까.

"못 빠져나간다, 마귀 놈!"

제갈진은 그렇게 소리치면서 하후상을 슬쩍 바라보았다.

이곳에서 하후패와의 최후의 승부가 벌어질 것이라 예측하고 미리 안배를 해둔 하후상의 심계는 감히 그가 따라가지 못할 만큼 기괴막측했다.

적이지만 순수하게 감탄할 수밖에 없는 존재다.

'하나 만약 하후패를 죽이고 그가 살아남는다면 중원은 마도 천하를 겪게 될 것이다.'

가능하다면 죽여야 한다.

하후상은 제갈진의 눈빛에서 그런 의도를 읽었는지 쓰게 웃었다.

"역시 당신은 좋은 군사는 아니로군."

"아니라고?"

"적의 역량을 제대로 읽지 못해. 저딴 진 하나 설치했다고 안심하고 뒷일을 생각하는 건가?"

"......"

"눈 똑똑히 뜨고 봐. 그는 하후패다. 이딴 진 따위는 겨우 발목을 잡는 수준에 불과해."

물론 그 발목을 묶는다는 것이 대단한 것이다.

상대가 마제 하후패니까.

하후패는 마기로 자신의 주위를 감쌌다. 하지만 달려드는 무인들과 마인들 때문에 진법의 범위에서 쉽사리 벗어나지 못하고 있었다.

진이 사람을 가리지는 않는 법.

진법의 범위 안으로 들어간 무인들은 아무것도 보이지 않는 진 안에서 닥치는 대로 칼을 휘둘렀다.

하후패에게 닿지 않는 칼이 동료들의 등과 옆구리를 파고들었지만, 그렇다고 휘두르는 것을 멈추지는 않았다.

으드득.

제갈진이 이를 갈았다.

하후패의 공간 안으로 들어갔다가 발작을 일으키고 쓰러진 시체들이 뒤따라 돌진하는 이들의 진로를 막을 만큼 높이 쌓이고 있었다.

말 그대로 시체의 방벽.

그 안에서 하후패는 여전히 생채기 하나 입지 않은 채 멀쩡히 살아 있었다.

"두 번째는?"

제갈진이 고개를 끄덕였다.

"이미 시작됐다."

"그렇군."

하후상의 눈이 차게 빛났다.

이제 이 긴 싸움의 종지부를 찍을 시간이었다.

하후패는 달려드는 무인들을 기감으로 느꼈다.

시각뿐이 아니다. 이 진법은 그의 모든 감각을 차단했다.

그뿐 아니라 은은한 압력까지 주고 있었다.

하후패에게 압력이 느껴질 정도라면 웬만한 무인은 이 중심부에 들어서는 순간 온몸이 찌부러질 것이다.

"신기하군."

그는 무학의 정점에 달한 존재.

그런 그에게도 이 진은 신기한 것이었다.

놀랍지는 않았다.

무학이 아닌 다른 방면에서도 그와 비견될 재능을 가진 자가 있다면 이러한 것들을 만들어내는 것은 어렵지 않으리라.

그러니 하찮다.

그 하찮음이 지금 하후패의 발목을 움켜쥐고 있었다.

'벗어날까?'

벗어나려면 벗어날 수 있었다.

하지만 그가 여기서 벗어나 버린다면 하후상이 준비한 다음 패를 볼 수 없을 확률이 높았다.

그가 긴 백 년의 시간을 기다린 이유도 오로지 이 끝없는 지루함을 조금이라도 해소해 보려던 것이 아니었던가.

"그리 초조해하지 않아도 된다. 나는 기다릴 테니 말이다."

하후패는 대답했다.

그의 머리로 끊임없이 들려오는 목소리에.

혜광심어(慧光心語).

하후상은 진법이 발동된 직후부터 계속해서 그에게 말을 걸고 있었다.

[두려운가?]

도발하고, 또 다독이고, 윽박질렀다.

이유는 한 가지.

그가 이곳을 벗어나지 못하게 하기 위해서였다.

진법이 무서워서 도망가느냐는 치졸한 도발까지 해가며 필사적으로 그를 막아서고 있었다.

치졸하고 우스운 짓거리지만, 확실히 효과가 있었다.

덕분에 하후패가 이 진을 적극적으로 벗어나야겠다는 마음을 먹지 않았으니까.

'이것도 공격이라면 공격이겠군.'

머릿속에 앵앵대는 모기 한 마리가 들어서 있는 느낌이었다. 차단하려면 차단할 수 있겠지만, 궁금하다.

대체 이다음은 무엇일까?

지금까지 그에게 느껴지는 위협만으로도 과거 천검 자영과 공비황이 그를 막아섰을 때와 비슷한 수준이다.

지금의 그와 그때의 그가 이루 말할 수 없을 만큼 커다란 차이가 있다는 것을 감안했을 때, 하후상이 준비한 안배는 그의 예상마저 뛰어넘은 것이다.

"다음은 뭐지?"

궁금하다.

너무도 궁금해 가슴이 떨릴 지경이었다.

대체 이런 흥분을 느껴본 것이 얼마 만인가.

그런 그를 축복하기라도 하듯이 하후상의 목소리가 머릿속에서부터 울려 퍼졌다.

[기억하고 있나?]

하후패는 태연히 대답했다.

"무얼 말이냐?"

[나를 처음 마련으로 끌고 갔을 때.]

처음, 처음이라······.

"그래. 내가 네게 아비와 어미를 만들어 주었지."

이십오 년 전의 일이다.

"키워라."

마제의 명령은 절대적이다.

그 명령을 받는 이가 그의 자식이라 하더라도 말이다.

마제에 이어 마련주의 위치를 물려받은 하후극은 마제의 명령에 깊게 읍을 하는 것으로 대답했다.

그는 아버지이되, 아버지가 아닌 자.

그의 아버지라 불리기에는 너무도 위대한 자였다.

부자간의 정 같은 것은 단 한순간도 느껴본 적 없다.

그에게 있어 아버지란 피가 이어진 자라는 뜻이었고, 어쩌면 하후패에게 있어서는 그런 의미조차 없을지 몰랐다.

하후극의 시선이 아이에게로 향했다.

"네 이름은?"

"상(商)."

"오늘부터 네 이름은 하후상(夏候商)이다."

"······."

그날, 하후상은 새로운 부모를 얻었다.

하후상은 그들을 증오했다.

마제의 피를 이었다는 것만으로도 증오할 이유는 차고 넘쳤다.

때로는 숨겨둔 비수로 그들의 목숨을 노리기도 했고, 때로는 운공하는 시간을 노려 습격하기도 했다.

하지만 그들은 하후상을 죽이지 않았다.

죽이기는커녕 곤란하다는 듯 미소 지을 뿐, 화를 내지도, 나무라지도 않았다.

웃기는 일이었다.

가장 잔혹한 이의 자식은 역설적이게도 마련에서 가장 온화한 존재였다.

가장 마인에 어울리지 않는 자가 마련의 련주라는 것을 누가 믿을 것인가.

"미안하다."

그들은 하후상이 품는 증오를 이해했다.

죽어주지 못함을 미안해했고, 죄스러워했다.

하지만 하후상은 끝까지 그들을 친인으로 받아들이지 못했다.

그럴 수가 없으니까.

두 해가 지날 때까지도 그들은 그렇게 이름만 부모 자식일 뿐, 더 이상 가까워질 수 없었다.

하후극은 하후상에게 모든 것을 베풀었다.

무공, 재력, 자식에게 줄 수 있는 사랑까지…….

하후극의 따뜻함은 때로 하후상의 얼어붙은 마음까지도 녹여 버릴 것만 같았다.

친부모에게 받지 못했던 사랑을 원수에게서 받는 아이의 심정은 어떨까?

그의 고뇌가 깊어질 때, 하후패가 다시 나타났다.

하후패는 하후상에게 단 한 가지를 물었다.

"새로운 부모는 어떠한가?"

하후상은 알고 있었다, 자신의 대답 하나에 지금의 상황이 모두 뒤틀릴 수 있다는 것을.

미약한 살의와 어느새 물들어 버린 정 사이에서 하후상은 고민 할 수밖에 없었다.

하지만 결론은 이미 정해져 있는 것과 같았다.

이름뿐인 친인 따위는 필요 없다.

필요한 것은 피로 이어지지 않았더라도 그에게 안식처를 주는 사람들이니까.

"잘 대해주세요."

"친부모처럼?"

"그 이상으로."

하후패가 이해하기를 바랐다.

차마 그의 입으로 말할 수는 없지만 그들이 그에게 있어 얼마나 소중한 존재가 되었는지, 친부모조차 주지 못했던 따스함을 그들에게서 받고 있다는 것을.

차마 말로는 하지 못할 그 의미를 눈앞의 이자라면 이해해 줄 것이라 믿었다.

그리고 하후패는 이해했다.

하후상이 말하고자 하는 것을, 하후상이 전하고자 하는 것을 완벽히 이해했다.

문제는……

하후패는 하후상을 이해했으나, 하후상은 하후패를 전혀 이해하지 못하고 있었다는 것이다.

"그렇다면 필요 없겠군."

그 말이 끝이었다.

그 말을 끝으로 조금은 감격한 듯한 눈으로 그를 바라보고 있던 하후극의 목이 허공으로 떠올랐다.

허공으로 둥실 떠오른 목이 뒤집어져 천천히 바닥으로 떨어져 내렸다.

하후상은 그 순간까지도 하후극과 눈을 마주치고 있었다.

다시 한 번.

하후극만큼이나 그를 아끼던 양어미의 목도 허공으로 떠올랐다.

죽음.

하후상의 대답은 그들의 운명을 결정했고, 조금 전까지만 해도 살아 있던 두 사람은 이제 싸늘히 식어가는 시신이 되었다.

짙은 피비린내 속에서 하후상은 멍히 물었다.

"왜?"

하후패는 무덤덤하게 대답했다.

"네가 말했지 않느냐."

하후상은 납득하지 못했다.

"내 대답 때문에 죽었다고?"

"그렇다고 할 수 있지."

"어째서?"

"네게는 필요 없으니까."

"단지 그것 때문에?"

"그 이상의 이유가 필요한가?"

납득하지 못했다.

납득할 수가 없었다.

지나가듯 물어본 질문 하나 때문에 두 사람의 목숨이 사라졌다는 것을 어떻게 납득하란 말인가.

아니, 이해할 수 있다.

이해하라면 이해할 수도 있다.

이 두 사람이 아니라면 이해라도 할 수 있었다.

"당신의 자식이잖아! 당신의 자식이라고! 자식을 죽이는 부모가 어디에 있어!"

"내게 자식이라는 것은 의미가 없다. 내 입장에서 본다면 차라리 네가 자식보다 더 가깝지. 너는 나를 즐겁게 해줄 수 있을 테니까. 저런 쓰레기와는 다르게 말이지."

"즐겁게 해준다고?"

하후패는 하후상의 머리를 쓰다듬었다.

"넌 언젠가 내 목을 노리러 올 테니까."

"……."

하후상은 눈앞에 서 있는 장년인을 바라보았다.

이건 마귀다.

인간의 탈을 쓰고 있지만, 인간이라고 말할 수 없는 존재다.

"대답이 달랐다면 결과도 달랐을까?"

"그렇겠지. 그렇다면 네가 그들을 죽인 셈이구나."

하후상의 어깨가 떨리기 시작했다.

부릅뜬 눈에 핏발이 서고, 전신이 사시나무처럼 떨려온다.

무서워서가 아니다.

눈앞에 보이는 이 마귀가 증오스럽고 증오스러워 견딜 수가 없다.

"오늘부터 네가 마련의 련주다."

"웃기지 마!"

"아비를 죽이고 마련의 련주가 되었군. 저 하찮은 것들은 너를 인정하지 않겠지. 너를 죽이려 할 것이다. 달아날 곳도 없지. 그들 사이에서 발버둥을 치다 보면 언젠가 너는 내 앞에 설 수 있을 것이다. 너를 죽이려 하는 자들에게서 배워라. 그것이 너의 무를 완성시킬 것이다."

풀려 버린 눈동자에 귀기가 찾아들었다.

그날부터 하후상의 목표는 단 하나가 되었다.

하후패의 죽음.

그의 인생은 결정되었다.

❖　　　❖　　　❖

[내겐 부모였어.]

"그랬겠지."

[나를 버린 망할 친부모 따위와는 다른… 진짜 부모였어.]

"알고 있다."

[당신 자식이기도 했지.]

"새삼스럽군."

[내 입장에서는 안타깝게도 당신의 의도는 맞아떨어졌어. 덕분에 나는 그날 이후로 당신을 어떻게 죽여야 할지만 고민해 왔으니까.]

"천하를 집어삼키니 했던 것도 다 연극이었나?"

[짐작하고 있을 줄 알았는데?]

"크게 관심이 없었으니까."

[이제라도 알았겠군?]

"추억을 되살리는 이야기는 즐거움을 부르지만, 길어지면 지겨운 법이지. 자, 아이야. 나는 기다릴 만큼 기다렸다. 이제 네가 나를 위해 준비한 두 번째 패를 꺼내 들어라."

[두 번째 패?]

"준비한 것이 없다고 하진 않을 테지?"

[이미 시작되었잖아. 모르는 건가?]

"음?"

시신이 일어선다.

"흐음?"

하후패로서도 처음 겪어보는 기사였다.

그의 기감이 분명히 쓰러져 있는 시신이 천천히 일어서는 것을 잡아내고 있었다.

죽음.

실수 따위는 한 적이 없다. 그의 주위에 있는 것들은 모조리 시신이다. 살아 있는 생명 따위는 있을 리 없다.

그럼에도 그 시신이 살아 있는 듯 움직이고 있었다.

정확하게 말하자면, 시신에서 기운이 되살아나고 있었다.

시각과 청각이 차단된 이상 눈앞에서 벌어지고 있는 현상을 정확히 미루어 짐작할 수는 없지만, 시신에서 무언가가 되살아나고 있다는 것만은 확실히 느껴졌다.

"흥미롭군."

하나하나, 열, 또다시 백……

시신이 일어서고, 또 일어서기 시작했다.

그 수가 일백을 넘어 일천에 달하고, 다시 일만에 달했을 때, 하후패는 광소를 터뜨렸다.

"재미있군, 재미있어! 이게 대체 뭐지?"

하후패의 우수가 시신 더미를 향해 뻗어졌다.

콰아아아앙!

마기가 응축되었다 터져 나가며 가공할 파공음이 뿜어져 나왔다.

하지만 그를 둘러싸고 있는 기운들은 조금의 피해도 입지 않았다.

사라지지 않은 기운들이 천천히 그에게로 다가왔다.

"하?"

하후패가 기꺼운 듯 그들을 향해 두 팔을 벌렸다.

"빠져나가지 못해."

하후상의 얼굴이 악귀처럼 일그러졌다.

"…절대로."

그의 주위에는 기괴한 복장을 한 수십 명의 괴인들이 양손을 모은 채 주문을 외우고 있었다.

제갈진이 고개를 끄덕였다.

"귀곡문에 유령곡(幽靈谷)까지 끌어왔다. 할 수 있는 모든 것을 다 했어."

무학으로는 하후패를 막을 수 없다.

그건 불변의 진리였다.

하후상 역시 무학으로 하후패를 막겠다는 얼토당토않은 생각은 애초부터 하지 않았다.

지금 하후패를 맞이하기 전, 그가 짐작했던 하후패의 무위조차도 감당할 방법이 없었다.

현실은 그보다 더 지독한데도 말이다.

그렇다면 방법은 하나.

무학 이외의 것을 모두 동원한다.

독이 통하지 않으니 영약을 쓴다. 황실을 먼저 쳐 화탄을 모

조리 확보한다. 기환술의 정점에 있다는 귀곡문의 힘을 빌리고,
망자의 술을 사용하는 유령곡의 힘까지 끌어낸다.

포달랍궁의 지원까지 받을 수 있었다면 완벽했겠지만, 시간
상 거기까지는 불가능했다.

"먹히고 있나?"

"부유망혼술(浮游亡魂術)을 펼치기에 이보다 더 좋은 조건
은 없습니다. 펼치는 저희가 되레 망자들에게 빨려 들어갈 지경
이니까요."

"다행이군."

부유망혼술.

죽은 지 얼마 안 된 시신에게서 생기를 뽑아내는 술법이다.

의식도 없고, 이성도 없는, 그저 기운 덩어리에 불과하지만,
단 한 가지 장점이라면 적의만은 남아 있다는 것.

영혼을 뽑아 대화를 한다거나 하는 전설상의 술법은 아닐지
라도 죽은 자들에게서 미약한 기운만은 뽑아낼 수 있었다.

평소라면 전혀 도움이 되지 않는 술법이지만, 지금 같은 경
우엔 다르다.

전혀 다르다.

불과 십여 명, 백여 명이 죽어가는 전장에서는 딱히 의미가
없는 술법이지만, 이곳에서 죽은 이들은 그 수의 단위가 달랐
다.

그렇기에 부유망혼술은 적어도 이곳에서만큼은 천하무적의
술법이 된다.

제갈진은 이를 갈았다.

반대하고 싶었다.

하지만 반대할 수가 없었다.

이 이상으로 하후패를 옭아맬 수 있는 방법이 없었으니까.

"이만이 넘는 이가 죽었다. 이 술법 하나를 위해서!"

"어쩔 수 없는 선택이지. 다른 방도가 없으니까."

"넌 지옥에 떨어질 거다."

"미안하지만, 난 사후 세계는 믿지 않아."

"저걸 보면서도?"

수도 없이 일어난 흐릿한 형체들이 천천히 하후패를 향해 다가간다.

파천황이라 칭해져도 부족할 하후패의 공격이 그들에게는 전혀 통하지 않았다.

유부의 존재에게 이승의 기운은 의미가 없을 테니까.

"생각을 좀 달리해 보긴 해야겠군."

하후상은 가볍게 웃었다.

하지만 그의 눈은 조금도 웃고 있지 않았다.

이 시시껄렁한 잡담도 오로지 긴장을 풀기 위해서 하는 것뿐이다.

이제는 그가 나서야 할 시간이니까.

그가 나서서 이 길고 길었던 전쟁을 끝낼 때가 다가오고 있었다.

하후패는 자신에게 벌어지고 있는 일들을 이해하려 했다. 하지만 이내 그만두었다.

그는 무의 정점에 오른 자이지, 세상 모든 것에 통달한 이가 아니었다. 이치를 벗어나는 일이라거나 알지 못하는 일에 대해서는 저항력이 없다.

지금처럼.

그의 공격을 무시하고 그에게 다가온 기운들이 그를 옭아맸다.

팔 하나에 수천, 다리 하나에 수천.

겹치고, 또 겹치고 겹친 망자들이 그의 전신을 옭아매고 있었다.

차라리 내공적인 힘이었다면 무시해 버렸을 것이다.

시시한 잡졸들 따위 수천이 모인다 해도 그와 내력을 겨루지는 못할 테니까.

하지만 이들의 힘은 내력이 아니었다.

육체적인 힘과는 또 다른 힘들이 그를 옴짝달싹하지 못하게 만들고 있었다.

영력이라 해야 할까?

"으음……."

하후패는 이 상황을 어떻게 받아들여야 할지 고민했다.

겪을 일이 없을 거라 생각했던 상황에 떨어진 것은 즐거운 일이다.

당황이라는 감정을 느껴본 적이 백 년은 훨씬 넘었으니까.

그 광기의 천인들조차도 그를 당황하게 만들지는 못했다.

바로 그때, 그의 시야가 밝아졌다.

그를 짓누르는 압력은 그대로였다. 여전히 시각을 제외한 오감은 돌아오지 않고 있었다.

그래도 진의 일부가 해체된 것인지, 그의 눈앞에 서 있는 여러 사람들이 보였다.

송검, 붕걸, 제갈진, 하후상, 그리고 남아 있는 천마들과 소수의 마인들.

그 외에도 한눈에 보기에도 현 무림의 최정예라고 할 수 있는 이들이 수십여 명.

그들뿐이었다.

남은 이들은 보이지 않았다.

하후패의 오감을 막고 영혼들이 그를 붙들고 늘어지는, 그 짧은 순간에 일사불란하게 남아 있는 인원들을 빼돌려 버린 것이다.

"기분이 어떻지?"

하후상이 물었다.

하후패는 대답을 고민했다.

지금 그의 기분이 어떤지는 그도 잘 알기 어려웠다. 뭔가 즐거운 것 같으면서 찝찝하기도 한, 복잡한 심경이었다.

"이게 네가 준비한 덫인가?"

"이용할 수 있는 것은 모두 이용했지. 당신은 강하지. 너무 강하니까 무학 외에는 그 어떤 것에도 신경을 쓰지 않잖아? 그래서 나는 도리어 그런 부분만을 최대한 연구했지. 그래서 당신에게 통할 만한 두 가지 방법을 찾아냈어."

"그게 이거로군."

"마라환상대진(魔羅幻想大陣)과 부유망혼술(浮游亡魂術). 절대이곡(絶對二谷)의 비전이지."

"많은 준비를 했군."

"한 하늘을 두고 살 수 없으니까."

"살부지수(殺父之讐)가 불구대천의 원수라면 나는 네게 무엇이라 불려야 할까? 네 두 아비가 모두 내 손에 죽은 것이나 다름이 없으니."

"큭큭큭큭큭."

하후상의 눈이 원독에 차올랐다.

"나를 버린 친부 따위 알 게 뭐지?"

하후패는 고개를 저었다.

"그는 그럴 수밖에 없었겠지. 그렇지 않으면 네가 죽었을 테니까. 그가 너를 살릴 수 있는 방법은 너를 내게 넘기는 것뿐이었다."

"시시한 이야기군, 이 상황에서 하기에는 우스울 정도로."

"알고 있을 텐데?"

"……."

"글쎄, 모르겠군. 내가 인간과 너무 멀어졌기 때문일까? 나는 네가 네 친부를 원망하는 것을 이해하기 힘들군. 그는 최선의 선택을 했다."

"그게 최선이라고?"

"어설프게 정을 주다 죽어버린 양부에 비하면 훨씬 나은 선택이 아닌가?"

"그 입 닥쳐!"

"마공자!"

흥분한 하후상을 봉연이 붙잡았다.

하후상은 차마 봉연의 손을 뿌리칠 수는 없었기에 하후패에게 달려들지 못했다.

"으음?"

하후패의 눈이 봉연에게로 향했다. 살짝 고개를 갸웃거리던 하후패가 웃어버렸다.

"악취미로군. 강아지라도 키우는 심정인가?"

분노에 떠는 하후상을 대신하여 제갈진이 나섰다.

"듣기와는 다르게 꽤나 말이 많으시군요?"

"너는?"

"제갈진이오. 무능한 군사지."

"그렇구나. 네가 이 모든 것들을 만들어낸 자로구나."

"계획한 것은 마공자요. 나는 거들었을 뿐이지."

"마련에서 벗어나지 못하던 놈이 할 수 있는 것에는 한계가 있지. 어쩌면 나의 이 즐거움의 절반은 네 몫이라고 할 수 있겠다."

"칭찬으로 듣지요."

"하나 안타깝구나."

제갈진의 눈이 가늘어졌다.

무슨 말을 하려는 것일까, 저 작자는?

하후패는 조용히 뇌까렸다.

"즐거웠다. 참으로 즐거웠어. 이렇게까지 할 수 있는 천하라면 조금 더 지켜보아도 되지 않을까 싶었을 정도로 즐거운 일이었다."

하후패의 목소리에는 안타까움이 가득했다.

지금까지 그가 전혀라고 해도 좋을 만큼 감정을 내보이지 않았다는 것을 생각한다면 무척이나 놀라운 일이었다.

"하나 너희는 모르는구나. 그래, 알 수가 없겠지."

"……."

하후패의 눈은 아련한 무언가를 찾는 듯했다.

"과거 너희보다 뛰어난 자들이 있었다. 위대한 자들이었지. 그들은 천하의 모든 분야를 뒤틀고 분석했다. 그들이 과연 진법과 시술을 연구하지 않았을 것 같으냐?"

"광천."

하후패의 말이 누구를 가리키는지 하후상은 알 수 있었다.

"그래, 그들이다. 천하의 모든 분야에 있어 그 누구도 따를수 없는 수준에 올라 있는 이들이었지. 그럼에도 그들은 시술을 쓰지 않았다. 진법을 사용하지 않았다."

하후상은 알고 있다.

천하에 자신만큼 그들에 대해서 많이 알고 있는 자는 없을 것이다. 되레 유진천보다 그가 더 광천에 대해 많은 것을 알고 있을 것이다.

그들의 무학은 하늘에 닿았고, 그들의 상재는 천하를 쓸어 담았다. 학문과 잡학, 시술과 의학에 이르기까지 천하의 모든 분야에서 한 단계는 더 앞서 있던 이들이다.

그런 그들이 하후패를 상대로는 무학을 제외한 모든 것을 포기했다.

"왜일까?"

답을 알고 있어도 대답을 할 수가 없었다.

하후패의 몸이 천천히 움직이기 시작했다.

수만의 망령이 그를 움켜잡고 늘어졌으나 그들의 힘은 하후패에게 미치지 못했다.

내공의 문제가 아니었다.

수만의 혼을 끌어모아도 하후패 하나가 가진 혼백의 힘을 이겨낼 수가 없었다. 살아서 그를 막지 못한 이들은 죽어서도 그를 막아내지 못하고 있었다.

저벅.

그저 단 한 걸음 앞으로 걸었을 뿐이다.

하지만 그걸로 충분했다.

그것만으로 이곳에 있던 이들은 깨달았다.

막아내지 못했다.

잡아두지 못했다.

시작부터 계획하여 수만의 목숨을 던져 넣었음에도 아무것도 이루지 못한 것이다.

제갈진은 허탈하게 웃었다.

화도 나지 않는다.

죽어간 이들이 안타깝다며 슬퍼하고 싶지도 않았다.

남은 것은 진득하게 그의 가슴을 저며오는 허무함과 깊은 탈력감이었다.

"안 된다는 말인가?"

속삭이듯 나온 말이었다.

하지만 주변인들에게는 마치 천둥소리처럼 크게 들렸다.

그 말을 한 이가 제갈진이기에 더더욱 뼈아프게 들리는 말이었다.

"이게 전부인가?"

"더 필요할 것도 없지."

하후상.

마공자 하후상, 그가 마제처럼 한 걸음 앞으로 나섰다.

"처음부터 이것으로 끝낼 생각 같은 건 없었어. 그저 발목만 잡아주면 된다. 아주 조금의 거슬림, 아주 조금의 위화감. 그것이면 충분하지."

"그렇다면 성공했다고 해두지. 하지만 그걸로 뭘 하겠다는 건가?"

"끝을 내야지."

"끝이라……."

하후상의 어깨가 천천히 떨리기 시작했다.

"이십오 년이다."

떨림이 점점 더 커져 간다.

"이십오 년 동안 이 순간만을 기다려 왔다. 네놈의 목을 치는 순간을 이십오 년 동안 기다려 왔어!"

질끈 깨문 아랫입술에서 선홍색 핏줄기가 새어 나왔다.

증오와 원한으로 점철된 분노가 하후패에게로 향했다.

"무엇을 위해?"

"그들의 원한을 위해!"

"그들이라……. 네가 말하는 건 누구지?"

하후패는 유쾌하게 웃었다, 이 상황이 더없이 즐겁다는 듯.

"내 자식을 말하는 건가, 아니면 네 진짜 가족들을 말하는 건가?"

"내게 진짜 가족 따위는 없어."

"우스운 일이군. 부정할 일이 아닌데 왜 그리 필사적으로 부정하지?"

하후패는 어깨까지 들썩이며 웃어 대기 시작했다.

"우습다, 우스워. 너무도 우스운 일이다. 왜 부정하는가. 천하를 손에 넣을 귀계와 힘을 갖추었음에도 아직도 그 사소한 원망을 버리지 못했던가?"

"닥치라고 했어!"

"기껍구나. 그때 그 작았던 꼬마가 이제는 내 앞에서 당당히 소리치고 있구나. 과연 내 기대대로 너의 혈통은 남다르다. 인정할 수밖에. 인정할 수밖에 없지."

"네 인정 따위를 받고자 함이 아니야."

"있어야 할 곳을 벗어나고, 받아야 할 것을 받지 못했음에도 너는 나를 감탄시켰다. 언젠가 이런 날이 올 것이라 기대했으나 한편으로는 불안했다. 차라리 네게 그들의 정화가 모이기를 바라는 것이 더 옳지 않을까 의심했다. 하지만 늑대들 사이에서 자란다고 해도 범은 범. 그래, 인정하마. 너는 나의 앞에 설 자격이 있다."

하후상은 아무 말도 하지 않았다.

저주스러운 하후패의 말이지만, 그 하후패이기에 할 수 있는 말이 있다.

오로지 하후패만이 할 수 있는 말이 있고, 하후상은 그 말을 들어야만 했다.

"인정하마. 너는 그들을 뛰어넘었다. 그리고 내 앞에 설 자격을 그 손으로 쟁취했다. 이 세상에 마지막 남은 광천(狂天)의 후예여."

제갈진의 눈이 흔들렸다.

광천의 후예?

그게 대체 무슨 말인가.

광천의 후예는 유진천이 아닌가.

하후패가 왜 하후상을 광천의 마지막 후예라고 칭한다는 말인가.

유진천뿐 아니라 하후상도 광천과 연관이 있다는 말인가?

그것도 마지막 후예라고?

그렇다면…….

유진천은?

유진천은 광천의 후예가 아니라는 말인가?

시기상으로 보았을 때, 마지막 후예라고 불려야 할 사람은 유진천이지 않은가!

"큭큭큭큭."

하후상이 주먹을 꽉 움켜쥐었다.

광천(狂天).

그 저주 받고, 또 저주 받을 이름.

증오하되 버릴 수 없는 이름.

"감격이라도 해야 하나? 이제 와 내 출신을 되찾았다는 것에?"

하후패는 고개를 저었다.

"감격할 일은 아니다. 너는 이미 그들마저 뛰어넘었으니까.
네 조부는 내 평생 본 무인 중 가장 위대한 자였다. 네 아비 역
시 그랬지. 하지만 너는 그들 이상이다. 내가 인정하지. 그러니
이제는 네 이름을 되돌려 주마."

하후패의 입에서 절대적 선언이 흘러나왔다.

"광기의 천인의 후예, 유상(柳商)이여."

찢어질 듯 부릅뜬 눈으로 제갈진이 하후상을 바라보았다.

유상(柳商).

유(柳).

광천의 가주가 가지고 있던 성.

유진천(柳進天)과 같은 성.

그리고 광천의 마지막 후예라는 호칭.

그 모든 것이 의미하는 바는 단 하나였다.

"나를 그리 부르지 마라!"

"부정하는가?"

"내 이름은 하후상이다. 당신에게서 받은 게 아냐. 내 아버지에게서 받은 것이지."

"그 이름을 내리게 한 것은 나다."

"천만에!"

하후상은 이를 갈았다.

"너는 그저 하후패일 뿐이야. 그리고 나는 하후극의 아들, 하후상이다! 유상 따위가 아니야!"

"네가 광천의 후예임을 부정하는가?"

"처음부터 그런 건 의미 없었어. 나는 하후상이다. 하후극의 아들, 하후상으로 이 자리에 서 있다."

"피가 이어짐에도?"

"피가 흐른다고 가족인가?"

"아니란 말인가?"

"아들의 목을 자른 당신이 내게 그걸 묻는 것인가?"

하후상이 일그러진 얼굴로 소리쳤다.

"피 따위가 뭐가 중요하다는 말이냐! 그들이 날 버렸을 때부터 연은 끊어졌다! 그들과 나는 아무런 관련이 없어!"

하후패는 대답 없이 가만히 하후상을 바라보았다.

잠시 침묵이 흐르고, 이윽고 하후패는 고개를 끄덕였다.

"그렇군."

하후패는 한 걸음 더 하후상에게 다가갔다.

"그래, 유문호의 손자, 유문혁의 자식이여. 그리고 하후극의 아들, 하후상이여. 광천과 마련, 그 두 곳의 뜻을 이은 자여. 그리고 그 무엇보다 나의 인정을 받은 자여. 내 묻겠나니……."

하후패의 입이 천천히 열렸다.

"어찌 나를 막을 텐가?"

오만.

누군가는 오만이라 칭하리라.

하지만 이 사내에게 그런 말은 어울리지 않았다.

자신이라 할 수도 없다.

그 누구도 자신을 막을 수 없다.

눈앞의 이자에게 있어서 그것은 그저 물이 아래로 흐르는 것처럼 진리요, 사실이었다.

있는 사실을 그대로 말하는 것뿐.

"이제 계략 따위는 필요 없어."

"호?"

"마지막엔 결국 내 손으로 당신의 목을 딸 수밖에 없다는 것은 처음부터 알고 있었어. 그리고……."

하후상이 희게 웃었다.

그 웃음에는 너무나도 많은 감정이 담겨 있었다.

그와 혈연으로 이어진 자들, 그와 마음으로 이어진 자들.

그 모든 이들은 죽었다.

하나도 남김없이.

바로 눈앞에 보이는 이 괴물의 손에.

"그건 누구에게도 넘겨줄 수 없지. 오직 나만이 할 수 있고, 내가 해야 할 일이니까."

일천이 넘는 그의 혈육이 이자 때문에 죽었다.

단둘뿐인 그의 가족은 이자의 손에 죽었다.

남은 것은 그 혼자.

자신이 누구인지도 알지 못할 나이부터 그의 목숨을 노리는 마귀들 사이에서 하루하루 원한을 씹고 또 씹으며 악착같이 살아왔다.

아비를 잡아먹은 자식이라는 오명을 뒤집어쓰고, 마제의 후예라는 개 같은 오해마저 이용했다.

이용할 수 있는 것은 모조리 이용하고 악업을 쌓으며 버티고 또 버텨왔다.

오직 이 순간, 그의 앞에 서기 위해서.

천하의 어디에도 그의 편은 없다.

마제를 막았어야 할 이들은 모든 것을 광천에 떠넘기고 숨죽였다.

남은 것은 마제의 광기를 온전히 감당해야 했던 일족들뿐.

그리고 그는 그 일족에게마저 버림받았다.

이 세상에 그는 오직 혼자였다.

그 지독한 외로움과 고통 속에서 그를 지탱한 것은 단 하나, 마제 하후패를 향한 들끓는 원한뿐이었다.

"그래, 그 눈빛이다. 그날 그들도 너와 같은 눈빛으로 나를 보았지. 하지만……."

하후패는 기묘한 표정으로 하후상을 응시했다.

"너는 그때를 기억하지 못하는군. 하긴 어렸으니까."

"유언은 적당히 해두는 게 좋아."

하후패는 하후상의 도발을 무시했다. 그리고 의외의 말을 늘어놓기 시작했다.

"그들이 준비한 대법에 필요한 이는 모두 일백팔 명이다. 나는 정확히 일백팔 명을 남기라 했지. 일백팔 개의 혈도를 막는 데 필요한 사람의 수는 일백하고도 일곱. 천령(天靈)을 닫지 않을 테니 일백팔이 아니지. 한 명. 한 명이 남았다. 그를 제외하면 필요한 인원은 일백칠. 하나가 남았다, 하나가."

하후상은 가만히 그의 말을 들었다.

그가 알지 못하는 이야기였다.

"재미있는 일이지. 서로 말하지 않았음에도 그들은 너를 남겼다. 대법에 아무런 도움이 되지 않는 꼬마를 살린다는 것에 누구도 의문을 표하지 않았지. 심지어 네 자리를 차지하면 살수 있다는 것을 알았을 이들도 아무 말 없이 그저 죽어갔다. 달아나고 소리치고 원망했어도 마지막까지 그 누구도 너를 언급하지 않았다. 죽고 죽이는 살육의 한복판에서도 누구도 네가 살아남는 것을 부정하지 않았다. 단 한마디 상의도 없이 말이다."

"……."

"그것을 무엇이라 해야 할까? 나는 수많은 세월을 살아왔고, 수많은 상황을 보아왔음에도 그때 그 순간을 이해하지 못한다. 죄악감과 원한과 공포와 슬픔이 뒤섞이는 그곳에서 그런 생경한 감정이 오고 갔다는 것은 정말로 놀라운 일이지."

"……생경한 감정이라고?"

하후패는 선언하듯 말했다.

"애정."

"······."

"혹은 보호심? 사랑? 아니면 자애라고 해도 좋겠지. 너는 말했다. 친부에게 버림받았다고. 애정을 받지 못했다고. 사랑 받지 못했다고. 하나 너는 이미 받았다. 너 하나를 살리기 위해 일천의 혈족이 말없이 죽어갔다. 어느 누구도 너와 자신의 목숨을 저울질하지 않았다."

하후상의 어깨가 떨려온다.

"내가 너를 빼앗아 온 이유가 무엇인지 아느냐?"

"······."

"원한과 증오와 죄악감마저 잊힌다 해도 네가 나의 손에 있다면 대법이 멈추지 않을 것임을 알았으니까. 대법이 멈추면 의미가 없어진 너는 죽을 테니까. 그렇기에 대법은 멈추지 않았다. 남은 일백칠 명도 너를 살리기 위해 죽어간 것이다. 내게는 생경한 일이었지. 원한이나 증오를 초월하는 무언가가 있다는 것을 알게 되었다."

하후상은 고개를 들어 하늘을 보았다.

듣고 있을 수가 없다.

도저히 저 끔찍한 목소리를 그저 듣고 있을 수가 없었다.

더 듣고 있다가는 보이지 말아야 할 꼴을 보일 것 같아서······.

웃기는 소리다.

그럼 버리지 말았어야지.

죽어도 같이 죽어가야지.

홀로 마귀들의 소굴에 떨어져서 원망과 원한으로 살아갈 사람의 마음을 생각했다면 차라리 같이 죽었어야지.

그렇게 자기들끼리 죽어버리고…….

위한답시고 제멋대로 굴면 남겨진 이는 어쩌란 말인가.

"어쩌란 말이야."

기억조차 나지 않는데.

알게 되었다고 뭐가 달라진단 말인가.

애도할 이의 얼굴조차 기억나지 않는데.

"그렇기에 너야말로 광천의 이름을 담기에 온당하다. 너야말로 그들이 마지막을 건 자니까. 일천하고도 이백의 목숨이 네게 바랐던 것은 생존, 그것뿐. 기대를 품지도 않고 원하는 것도 없이 오로지 일방적인 애정과 배려만을 받은 존재. 그렇기에 너는 광천의 마지막 후예라 불릴 자격이 있다."

"……."

"그럼 묻겠다. 너는 광천의 후예임을 부정하는가? 하후상으로 죽기를 원하는가?"

하후상은 대답하지 않았다.

하지만 누구도 하후상에게 그 대답을 재촉하지 못했다.

심지어 마제 하후패마저도 입을 다문 채 가만히 하후상이 내릴 결론을 기다리고 있었다.

"나는 하후상이다."

그의 눈이 새파랗게 빛났다.

"달라진 건 아무것도 없다. 나는 하후상이다. 하후극의 아들이지."

"그게 너의 결정인가?"

"제멋대로 재단하지 마. 나는 단 한 번도 내가 광천의 후예임을 부정하지 않았어. 그뿐이다. 그들과 심정적으로 이어지지 못한 것도 사실이고, 내가 그들과 피로 이어져 있다는 것도 사실이다. 하지만 그뿐! 그게 뭐란 말인가? 그런 일이 있었다고 해서 내가 달라질 게 있을까? 아니! 나는 그저 하후상이다."

"……."

"다만……."

하후상의 새하얀 이가 드러났다.

"네 목으로 진혼해야 할 사람들이 늘었다는 것만은 달라진 것 같군."

"후후후후후."

하후패는 유쾌하게 웃었다.

"원점으로 돌아왔군."

하후패의 눈이 가만히 하후상을 응시했다.

하후상은 그의 눈을 피하지 않았다.

몸이 떨려온다.

다리가 후들거리고 몸이 제멋대로 움츠러드는 것만 같았다.

마주한 눈이 터져 버릴 것 같고, 몸속의 기운들이 제멋대로 끓어오르는 것만 같았다.

하후패가 그의 몸 안의 기운을 움직이는 것일까?

아니다.

이건 그저 압박감.

저 마제 하후패의 앞에서 정면으로 마주하고 있다는 압박감만으로 육체가 고통을 호소하는 것이다.

그러니 이를 악문다.

버틴다.

"네가 원하는 바를 행하려면 나를 죽여야겠지. 하지만 그게 가능한 일일까? 나조차도 어떻게 나를 막아야 할지 모르는데, 네가?"

"그래, 내가 한다."

하후상이 이를 악물었다.

"내가 하는 게 아니다. 내가 해야만 한다. 내가 아니면 누구도 할 수 없다."

"이해할 수 없군."

하후패가 눈살을 찌푸렸다.

"광천의 후예여, 그렇다면 왜 그를 부르지 않았는가? 나를 죽이기 위해 준비된 존재 없이 너는 왜 내 앞에 섰는가? 정녕 네가 나를 막으려 했다면 그와 함께 내 앞을 막아서야 하는 것이 아닌가?"

하후상은 어이가 없다는 듯 웃어버렸다.

"정말 모르는군."

"인정하지. 나는 너의 생각을 이해할 수가 없다."

"왜 같이 오지 않았냐고?"

그를 믿지 못해서는 아니었다.

그의 성장을 재촉한 것도 하후상이고, 그의 일거수일투족을 지켜보며 환호하고 슬퍼한 것도 하후상이다.

지금 그의 존재가 천하의 누구보다, 심지어 하후상보다 더 마제에게 위협이 된다는 건 누구보다 잘 알고 있었다.

그렇지만 이것과는 다르다.

"같이 오지 않은 게 아니야. 내가 그의 앞을 막아선 거지."

"어째서?"

"맡겨둘 수가 없으니까."

하후패가 눈살을 찌푸렸다.

대체 무슨 소리를 하고 있는 건가.

"그에게 짐을 떠넘기지 않아. 그게 내가 지켜야 할 자존심이고 도리다. 백여 년 전, 광천에게 모든 짐을 떠넘기고 외면해 버렸던 놈들과 같은 짓을 하라는 거냐? 나는 달라. 다르다. 나는 이기적이고 창피함을 모르지만, 적어도 떳떳함이라는 게 뭔지는 아니까."

"그래."

감탄한다.

저 마귀가.

순수하게 한 인간을 향해 감탄을 보내고 있었다.

"너는 진정으로 내 앞에 설 자격이 있는 자로구나."

"그리고 네 목을 따 갈 사람이지. 이제 끝낼 때다, 하후패!"

하후상의 우수가 검게 물들기 시작했다.

그것이 신호.

하후패와 하후상의 설전을 지켜보던 이들이 끼어들기 시작했다.

마치 하후상을 보호하기라도 하듯이.

"단 한 번뿐이야."

하후상은 으르렁대듯 말했다.

한 번.

오로지 한 번의 기회.

그뿐이다.

이십여 년 동안 그가 해온 고민은 단 하나뿐이었다.

닿지 않는 존재에게 닿기 위해선 무엇을 해야 하는가.

시간을 들여 성장해 하후패에게 닿는다는 것은 불가능한 일이었다.

하후패는 이미 백여 년 전에 고금제일인이었다.

순리를 벗어난 재능을 가진 자가 동등한 시간을 살아가는데, 그 출발점마저 까마득하게 앞에 있다.

그런 이를 따라잡는다?

불가능하다.

하후상은 멍청하지 않았다.

그에게 천운이 깃들어 하후패 이상의 재능을 타고났다 해도 이백여 년에 가까운 시간을 극복할 수는 없었다. 그가 하후패만한 무위를 가지기 위해서는 최소한 백여 년은 더 필요할 것이다.

그런 시간이 주어질 리가 없었다.

그럼 어떻게 해야 할까?

방법은 하나뿐이었다.

우선은 닿는 것.

하후패에게 닿는 것.

그리고 두 번째로는 그의 힘으로도 막을 수 없는 날카로운 창을 만들어내는 것.

이길 수는 없다.

하지만 죽일 수는 있다.

어른과 아이가 싸운다면 만 번을 싸워 같은 결과가 나오겠지만, 서로 칼을 든다면 그 만 번에 한 번쯤은 다른 결과가 나오는 법.

우선은 하후패의 절대적 방어를 뚫고 그의 육체에 닿을 수 있는 무기가 필요했다.

그리고 그 무기가 지금 하후상의 손에 깃들고 있었다.

정도, 사도, 마도, 밀법과 요술에 이르기까지… 천하의 모든 무학을 모으고 분석하고 선별하여 만들어낸 그의 무학이 지금 펼쳐지고 있었다.

우우우우우우웅!

대기가 진동했다.

하후상의 육신에 있는 모든 기운이 손끝 한 점으로 모이고 있었다.

모인 기운은 회전하고 얽히며 서로를 좀 더 좁게, 또 좁게 밀어넣었다.

그리고 하후패가 하후상에게 전한 무리조차 섞여 조금 더 나아갔다.

제마인(制魔刃).

마를 베는 칼날.

하후패, 단 하나를 위해서 준비된 무학이니, 이름도 이것밖
에는 없다.

'그러고 보니 비슷하군.'

유진천이 하려는 것과 그가 하려는 것이 그리 다르지 않다는
생각이 들었다.

결과도 별로 다르지 않다.

유진천에게 주어진 제약, 하후상의 참마인에 대한 참오가 없
었다면 지금쯤 그들은 지금보다 몇 배는 더 강해졌을 테니까.

하지만 그게 의미가 없다는 것은 서로 잘 알고 있었다.

중요한 것은 하후패에게 닿는가, 닿지 않는가였다.

닿지 않는 무학을 아무리 익혀 강해진다 해도 하후패에게는
통하지 않는다.

다른 모든 것을 포기한다고 해도 그들의 목적은 하나, 하후
패에게 닿는 것이다.

'따로 배운 건 없는데 말이지.'

무학에 대한 어떤 것도 배운 적이 없는데 결국 그들과 그가
비슷한 결론을 내렸다는 것이 이상하다.

조금 간지럽기도 하지만, 그리 싫지 않은 기분이었다.

이어져 있다는 느낌이 들었다.

말은 할 수 없지만.

"하지만 죽었지."

모두가, 그들 모두가…….

"네 손에 말이야."

하후상의 눈에 하후패가 들어왔다.

하후패가 아니었다면 그는 가족을 잃지 않았을 것이다.

시린 달빛이 내리는 밤.

일천의 피가 세상을 적시지도 않았을 것이다.

그래서 홀로 남겨졌다.

그리고 홀로 살아왔다.

언제나 하나의 생각만을 품은 채!

증오.

하후패를 향해 들끓는 증오가 지금 하후상의 심장을 미친 듯이 뛰게 하고 있었다.

세상을 지킨다?

그런 건 아무래도 상관없다.

이것은 단순한 복수.

잊으려 해도 잊지 못하는 원한을 갈고 또 갈아 결국에는 만들어낸 칼날을 물고 추는 살풀이일 뿐이다!

"하후패."

하후상이 걸어 나간다.

천천히.

이내 그 걸음이 조금 더 빨라지지만, 결코 빠르다고는 할 수 없는 걸음.

"하후패!"

다리에 힘이 들어간다.

이윽고 걸음이 달음박질이 된다.

그러고도 조금 더, 조금 더…….

조금씩 빨라진다.

"하후패에에!"

이내 그의 몸이 한 줄기 빛살로 화할 때, 그를 수호하던 이들이 모조리 그의 앞에서 하후패를 향해 날아들었다.

전신의 모든 기운과 주변의 모든 기운이 하후상의 손끝에 응축되어 있다.

다시 말하자면, 그 외의 모든 곳은 무방비나 마찬가지.

하후패의 기운에 스치기만 해도 형태조차 남지 않게 될 것이다.

그런 그를 지키기 위해 천하에 가장 강한 삼십 인이 하후상을 둘러싸고 있었다.

그들은 방패.

신에게 닿기 위한 방패.

그리고 하후상의 손은 신의 심장을 뚫기 위해 준비된 인간의 칼날이었다.

"하후패에에에에에에!"

하후패는 자신에게 달려드는 일련의 무리들을 보며 무심하게 뇌까렸다.

"소용없는 짓을."

하나 그 의기는 인정할 수밖에 없었다.

가능성이 조금도 없다는 것을 알고 있을 텐데, 하후상은 주저하지 않는다.

반드시 그를 죽이겠다는 기세로 달려들고 있었다.

가소롭다.

더없이 가소롭다.

하지만 인정할 수밖에 없다.

"그래, 유문호도 그랬지."

그도 저런 눈빛이었다.

이길 수 없다는 것을 알고 있었지만, 결코 물러서지 않았다.

마지막의 마지막까지 싸워 패했음에도 포기하지 않고 그에게 거래를 제안하지 않았던가.

광기의 천인.

그들이 다른 이들과 달랐던 이유를 조금은 알 것 같았다.

뛰어나기 때문이 아니다.

하나의 목적을 정하면 뒤를 돌아보지 않고 오로지 매진하고 또 매진하는 저 의지가 그들을 광천이라 불리게 했을 것이다.

그리고 그 의지는 지금 하후상에게로 이어졌다.

"좋군."

등줄기가 후끈하게 달아오르는 느낌.

이런 느낌을 받아본 것이 도대체 얼마 만인가.

머리카락이 곤두서는 것 같은 긴장감을 느껴본 것이 대체 얼마 만인가.

즐겁다.

더없이 즐겁다.

그러니…….

그도 보여주어야 하겠지.

감히 그에게 달려드는 이들에게 그가 누구인지를.

하후패의 우수가 하후상처럼 검게 물들었다.

피잉!

손끝에서 뻗어 나간 마기가 공간을 마치 가로질러 하후상에게로 떨어진다.

"우오오!"

송검이 검을 들고 하후패가 뿜어낸 마기를 후려쳤다.

금이 가 있던 반검은 장난감처럼 부러졌고, 마기는 송검의 육신을 꿰뚫고도 만족하지 못한 듯 곤륜 장문 장구패(長究覇)의 심장마저 으스러뜨렸다.

"쿨럭!"

송검의 입에서 피가 분수처럼 뿜어져 나왔다.

하지만 그를 돌보는 이는 아무도 없었다.

달린다. 치달린다.

쓰러진 이들을 남겨두고 방패가 되어 달리고 또 달렸다.

한 번의 공격이 하나의 목숨을 앗아가고…….

제공(制空)의 압력에 저항하며 그들은 하후패 하나만을 노리고 치달았다.

불과 삼십여 장을 접근하는 데 반수 이상의 목숨이 사라졌다.

하지만 멈추지 않았다.

이윽고 그들은 하후패의 지척에 도달했다.

"하후패!"

하후상의 우수가 하후패의 심장을 향해 뻗어졌다.

마를 베는 칼날이 마인의 심장을 향해 날아들었다.

들려온다.

나직한 목소리가 귓가에.

"즐거웠다."

하후패의 우수에서 너무도 눈부신 빛줄기가 터져 나왔다.

마인에게서 나왔다고는 믿기지 않을 만큼 맑고 새하얀 빛줄기는 하후패를 뒤덮고, 하후상을 뒤덮고, 이내 그들 모두와 세상 전부를 뒤덮어 새하얗게 물들였다.

제갈휘는 할 말을 잃었다.

그의 눈에 보이는 광경을 본 이라면 누구라도 할 말을 잃어버릴 것이다.

하남의 한 중앙.

천하에서 가장 번성한 곳인 이 도시가 말 그대로 뼈대도 남기지 못하고 통째로 부스러져 있다.

"여기서⋯⋯."

이곳만이 마치 다른 세계인 듯 대지가 검붉게 물들어 있었다.

마치 사람의 발길이 몇 백 년은 닿지 않은, 버려진 도시처럼 대지는 황량함을 품고 구슬픈 바람 소리만을 남기고 있었다.

"무슨 일이 있었던 거지?"

정천맹과 마련이 격돌했을 바로 이곳, 하남 땅은 이전의 모습을 찾아볼 수 없는 죽음의 대지로 화해 있었다.

"대체……."

제갈휘도, 그의 친우들도…….

정천맹을 돕기 위해 달려온 남궁세가와 당가도, 빙궁도…….

모두가 할 말을 잃고 검붉게 변해 버린 대지를 멍하니 바라보았다.

유진천이 천천히 앞으로 걸어 나갔다.

그의 눈이 향한 곳은 이 거대한 붉은 대지의 중심이었다.

"여기에 있었군."

느껴진다.

아무것도 남지 않았지만, 이곳에 머물렀던 이는 그 잔기(殘氣)만으로 그를 압박하고 있었다.

대지와 대기가 아직도 그 여운에 휩싸여 있다.

이곳에 있던 이가 남긴, 그 거대한 존재감 앞에 자연마저도 떨고 있는 것이다.

그가 여기에 있었다.

하후패.

마제 하후패의 기운이 느껴지고 있었다.

광천과 마제의 일백 년을 이어온 원한.

그 마지막이 지금 다가오고 있었다.

80장
소회(所懷)

남궁장천이 가장 빨리 침착을 되찾았다.

"대체 여기서 무슨 일이 있었던 건가……."

"우선은……."

유진천이 제갈휘의 말을 끊었다.

"마제가 왔다."

마제.

간단한 단어지만, 그 의미가 주는 영향은 결코 간단하지 않았다.

제갈휘의 고개가 획 돌아갔다.

"확실해?"

"그래."

사실 되물을 것도 없는 일이었다.

그가 아니면 누가 이런 상황을 만들 수 있겠는가.

그가 아닌데 누가 있어 이 하남 땅을 죽음만이 가득한 황량한 사막으로 만들 수 있단 말인가.

모를 수가 없는 일이지만, 모르고 싶은 일이다.

그 현실과 눈앞에 보이는 광경이 인지되었을 때, 그들이 받아들여야 할 상황이 너무도 가혹하기에 일부러라도 떠올리고 싶지 않던 일이다.

하지만 현실은 냉혹했다.

"마련과 정천맹은 싸우지 못했겠군."

"범 앞에서 싸우는 토끼는 없는 법이지."

"달아나지도 못했을까?"

"아마도."

매검이 불안한 눈으로 소리쳤다.

"무슨 소리야! 여기에 하후패가 왔다는 거야?"

대답은 없었다.

굳이 말로 하지 않아도 된다.

매검도 몰라서 묻는 것은 아닐 테니까.

"그럼……."

남궁산의 목소리가 떨려 나왔다.

"이곳에 있던 이들은?"

제갈휘는 남궁산에게 혹독한 현실을 똑똑히 알려주었다.

"하후패가 왔다면 결과는 빤하겠지."

"……."

몸이 부르르 떨린다.

빤하다고?

결과가?

뭐가 빤하다는 말인가.

이곳에는 못해도 오만이 넘는 무인들이 집결해 있었을 것이다.

그런데 대체 뭐가 빤하다는 건가.

"달아났을 수도 있잖아."

"그래, 그럴 수도 있겠지. 아니, 그러길 바라야지. 하지만…… 아니다. 그래, 그럴 거야. 그래야지!"

횡설수설하는 제갈휘의 모습에서 이곳에 있던 이들의 운명을 짐작할 수 있었다.

그들의 이야기를 듣던 당와가 귀신이라도 본 듯한 얼굴로 말했다.

"하후패? 하후패가 여기에 왔다는 말이냐?"

"그럴 겁니다."

"마련을 이끌고?"

제갈휘의 미간이 좁아졌다.

이런 부분에 대한 설명은 그보다는 유진천이 하는 것이 나으리라.

그의 시선이 유진천에게로 향했다.

"하후패에게 있어서 마련과 정천맹은 다를 게 없소. 어차피 멸망시켜 버릴 테니까."

"멸망? 하하하하! 그 혼자서 정천맹과 마련을 멸망시킨다고? 그게 가능하다고 보는 거냐?"

당와는 황당하다는 듯이 웃었다.

하지만 유진천은 그저 담담히 대답할 뿐이었다.

"하후상이 이만한 전력을 이곳으로 모았으니, 어쩌면 저항할 수 있었을지 모르겠지만……."

뒷말은 듣지 않아도 알 수 있었다.

"그래서였구나."

제갈휘는 그제야 하후상의 행동들이 이해가 갔다.

병법을 무시한 움직임.

이해를 할 수 없는 소모전.

그리고 쓸데없이 적에게 시간을 주는, 의아한 운용까지.

그 모든 것이 하후패라는 이름 앞에서 설명되었다.

"정천맹을 무너뜨리는 게 목적이 아니었군. 이곳에 모으는 게 목적이었구나."

그러니 이해하지 못할 수밖에.

그가 정천맹과 마련의 전쟁이라는 인식으로 바라보고 있던 판이 사실은 더 높은 곳에서 다른 목적으로 움직이고 있던 것이다.

"그럼……."

남궁산이 상념에 젖어 있는 제갈휘를 일깨웠다.

"이제 우린 어떻게 해야 하지?"

"……."

제갈휘도 마땅한 대답을 찾지 못했다.

언제나 팽팽하게 돌아가던 그의 머리가 멍해질 정도로 지금 그의 앞에 놓인 현실은 참담했다.

"머무르면 돼."

대답은 유진천에게서 나왔다.

"머무른다고?"

"살아 있는 자가 있다면 우릴 찾겠지. 이곳에 도착할 것을 알 테니까."

남궁산은 한숨을 쉬었다.

"그럴 만한 사람이 남아 있다면 좋겠지만, 뿔뿔이 흩어졌을 수도 있잖아."

"그럼 어차피 찾아도 도움이 안 돼."

"맞는 말이에요."

위지화영은 개중 담담한 신색을 유지하고 있었다.

"언제까지 기다려야 하는 거야?"

"아니, 기다리지 않아도 될 것 같구나."

남궁장천의 눈이 한곳을 향해 있었다.

"표식이 있다."

그들이 올 것을 대비하여 표식을 남겨둔 이가 있었다.

남궁장천은 표식을 보고는 눈을 빛냈다.

"어디로 가야 할지가 정해졌군."

"생존자가 있는 것입니까, 할아버님?"

남궁장천은 낮은 목소리로 대답했다.

"가보면 알겠지. 나도 늙었구나. 이런 상황에서 바로 비부
(秘府)를 떠올리지 못하다니."

"비부요?"

"가자꾸나."

앞장선 남궁장천을 따르며 남궁산은 불안한 눈빛으로 그의
친우들을 돌아보았다.

무겁고 무거운 분위기가 그들을 짓누르고 있었다.

제갈휘는 입술을 꽉 깨물었다.

죽은 줄 알았던 사람이 살아 있다는 것은 좋은 일이다.

그 사람이 아버지라면 더더욱 그러했다.

비록 평소에 항상 으르렁대기만 하던 이라 해도 죽은 줄 알
았던 사람이 살아 돌아왔다는 것은 기뻐야 할 일이었다.

하지만 기뻐할 수가 없었다.

"왔구나."

그 덤덤한 말투가 거슬렸다.

"다리는 어쨌습니까?"

제갈휘의 눈에 너풀대는 바지 자락이 보인다.

두 다리를 잃은 제갈진이 힘겹게 몸을 일으키고 있었다.

"마제의 손에서 살아 돌아왔는데, 다리 정도면 싸게 먹힌 거
지."

"잘난 척은 다 하시더니!"

"그랬던가?"

제갈진은 빙그레 웃었다.

제갈휘는 처음 보는 아버지의 부드러운 미소에 할 말을 잃었다.

두 다리를 잘리고 뭐가 좋아 웃는다는 말인가.

그 탓에 괜스레 눈에 힘을 주었다.

눈시울이 붉어지는 모습을 보일 수는 없었다.

"회포는 나중에 풀자꾸나. 내게 설명을 바라는 사람이 많으니까."

"……알았습니다."

제갈진의 눈이 유진천에게로 향했다.

"그를 보았소?"

"그래, 보았지."

"그런데 어떻게 살아 있지?"

마제의 손에서 벗어난 이에게 할 말은 아닐 터였다.

하지만 유진천은 묻지 않을 수 없었다.

제갈진은 대답하는 대신 유진천의 뒤에 서 있는 한 사람을 바라보았다.

"모두 죽어야 하는 상황이었다. 하지만 한 사람이 그의 앞을 가로막았기에 빠져나올 수 있었다."

"한 사람?"

제갈진은 고개를 끄덕였다. 하지만 유진천은 도무지 그의 말을 이해할 수가 없었다.

한 사람이 무슨 수로 마제를 막는다는 말인가.

상대가 하후패가 아니라면 이해할 수 있다.

하지만 하후패를 누가 막을 수가 있다는 말인가.

"아주 잠시뿐이지만, 시간을 끌어주었다."

"가능한 일이오?"

"불가능하지, 불가능한 일이야. 천하를 통틀어도 그게 가능한 사람은 손에 꼽겠지. 마침 그런 이가 있었을 뿐이지."

"하후상?"

제갈진은 고개를 저었다.

"마인이 아니다. 그는 정천맹을 위해 그 자리에 나타났다."

정파의 인물.

그리고 하후패를 잠시나마 붙들어놓을 수 있을 만큼 강력한 무위를 가진 자.

유진천의 미간이 좁아졌다.

"천검이 없는 이상 천하제일인을 논할 수 있는 이는 단둘이다. 한 명은 마공자 하후상, 그리고 다른 한 명은……."

위지화영은 두 손을 꼭 움켜쥐었다.

처음 제갈진의 시선이 자신에게 닿았을 때부터 짐작은 했다.

다만, 귀로 듣고 확인하는 것이 너무도 힘들고 떨릴 뿐이다.

"위지군악, 그가 왔지. 천당을 이끌고."

"아……."

위지화영의 몸이 휘청였다.

남궁산이 재빨리 그녀의 팔을 부축했다.

"그가 아니었다면 우린 그곳에 뼈를 묻었을 것일세. 아니, 모르지. 그가 막은 것인지, 마제가 우리를 보내준 것인지 알 수가 없네."

유진천은 고개를 끄덕였다.

"이제 어떻게 할 생각이오?"

"내게 묻는 건가?"

유진천을 응시하던 제갈진은 한숨을 내쉬고는 고개를 저었다.

"이보게, 유 소협."

"말씀하시오."

"이제 우리는 더 이상 방법이 없네."

"……."

"방법이 있다 해도 쓸 수가 없어. 살아 돌아온 이들은 모조리 마음이 꺾였네. 다시는 그의 앞에 서려 하지 않을 거야. 병력을 잃은 나는 다리 없는 병신에 불과하지."

마라환상대진(魔羅幻想大陣)과 부유망혼술(浮游亡魂術)을 이용해 하후패의 오감을 차단하고 위지군악이 천당을 이끌고 뒤를 막아주었기에 남아 있는 병력들을 어찌어찌 살려냈다.

하지만 그뿐.

그들은 다시는 하후패의 앞을 막아서려 들지 않을 것이다. 죽은 병력이나 마찬가지였다.

"그런 말씀 마시오, 맹주 대리!"

남궁장천이 위로했지만, 제갈진은 허허로이 웃을 뿐이었다.

"내 가진 모든 것을 다 해봐도 그를 막을 수가 없었네. 천당주가 막아주었기에 남은 병력이나마 살릴 수 있었을 뿐이네. 그 외엔 모두 죽었네. 그를 죽이기 위해 달려들었던 자들 모두가. 임시 맹주였던 송검도, 부맹주였던 붕걸도, 그를 위해 결사를 각오했던 중원의 핵심들도 모두……. 이제 남은 것은 자네뿐이지."

제갈진이 떨리는 손으로 유진천을 가리켰다.

"이젠 자네뿐이네."

"……."

"말도 안 되는 일이라는 건 알고 있네. 전 중원이 달려들었음에도 막지 못했어. 그런데 자네더러 막으라고 하는 것은 헛소리라는 것을 알고 있네. 하지만!"

제갈진이 비통하게 소리쳤다.

"이젠 자네 말고는 방법이 없네. 다른 방법이 없단 말일세!"

유진천은 제갈진의 통곡에 가까운 외침을 들으면서도 딱히 변화가 없었다.

다를 건 없다.

애초에 그러기로 정해져 있던 일이니까.

누군가 그의 앞에서 대신 하후패를 막아줄 거라고는 단 한 번도 생각한 적 없었다.

그를 막는 건 유진천이 해야 할 일이니까.

"마공자는?"

여러 가지가 담긴 물음이었다.

마공자는 살아 있는가?

살아 있다면 어디에 있는가?

제갈진이 뒤쪽을 가리켰다.

"끝 방에 있네."

유진천은 고개를 끄덕이고는 천천히 걸어갔다.

"아무도 따라오지 마."

제갈휘도, 매검도, 남궁산도, 심지어 위지화영마저도 그를 잡지 못했다.

그는 천천히 걸어 그들의 시야에서 벗어났다.

"꼴사나운가?"

지금 이 사내에게 꼴사납다는 말은 가장 어울리지 않는 소리리라.

비록 한 팔이 잘려 나가 외팔이가 되었다 해도.

전신에 성한 부분을 찾는 것이 그렇지 않은 곳을 찾는 것보다 더 어렵다 해도…….

천하제일의 미남자라 불릴 만했던 얼굴이 지렁이 같은 상흔으로 뒤덮여 버렸다 해도…….

그의 앞에 있는 남자는 꼴사납지 않았다.

그는 마공자 하후상이니까.

자신의 의지로 당당히 마제 하후패에 맞선 자이자…….

살아생전 처음으로 유진천에게 경외감을 느끼게 했던 자이니까.

그럼 어떤 대답이 가장 적절할까?

딱히 할 말은 생각나지 않는다.

그러니 가장 인상 깊은 부분을 이야기할 수밖에.

"못생겨졌군."

"쿡쿡쿡."

가벼운 웃음이지만 입가에서 피가 흘러나온다.

살아 있는 것이 신기할 지경이었다.

그의 곁을 지키고 있던 봉연이 흘러나온 피를 닦아내었다.

"일으켜 다오."

"안 됩니다."

"봉연아."

단호한 하후상의 눈빛을 본 봉연은 이를 악물고는 그의 등을 받치고 앉혔다.

극심한 고통이 함께할 터인데도 하후상은 눈살 한 번 찌푸리지 않았다.

전신을 둘둘 감은 붕대 사이로 피가 번져 나왔지만, 유진천은 그를 만류하지 못했다.

그건 그를 모욕하는 일이 될 것이다.

"얼굴이 조금 못나져서 아쉽긴 하군."

이마를 타고 흐르는 식은땀만 아니었다면 좀 더 재미있는 말이 되었을 것이다.

"그게 나아."

"어째서?"

"전엔 인간미가 없었거든."

하후상이 어이없다는 표정으로 유진천을 바라보았다.

"네 입에서 그 말을 들을 줄은 몰랐군. 네 말을 그대로 돌려주지."

둘은 마주 웃었다.

두 번째 만남.

오 년의 시간을 지나 다시 만난 둘은 이전과는 달리 서로를 마주 보고 서로에게 미소를 보낼 수 있었다.

"왜 그랬지?"

유진천의 물음에 하후상은 대수롭지 않다는 투로 말했다.

"네게 모든 것을 떠넘기기는 싫었으니까."

"단지 그런 이유로?"

"네게 모든 것을 떠넘겨서는 안 된다고 생각했으니까."

"……."

하후상은 어깨를 으쓱했다.

"그럼 나도 다를 바가 없잖아."

광기의 천인들에게 모든 책임을 넘기고 외면해 버린 천하의 무인들.

하후상은 그들을 증오했다.

그렇기에 유진천을 바라보고만 있을 수는 없었다.

움직이고 고뇌하여 유진천이 나서기 전에 그가 할 수 있는 모든 것을 해야 했다.

"멍청했어."

"안다."

하후상이 왜 그렇게까지 해야 했는지는 이해할 수 없었다.

하지만 군이 이해할 필요도 없으리라.

그와 하후상은 살아온 길이 너무나도 다르니까.

같은 목적을 위해 살아왔지만, 둘은 다른 길을 걸어왔다.

이제 와 군이 서로를 이해하기 위해 애쓸 필요는 없었다.

다만, 전할 것을 전하고, 받을 것을 받으면 된다.

유진천은 잠시 머뭇대다 입을 열었다.

"그는 항상 내게 미안하다 했어."

"그래?"

"그리고 항상 누군가를 그리워했지."

"……."

"그걸 말해야 한다고 생각했어."

하후상은 아무 말 하지 않았다.

갈 곳을 찾지 못하는 시선을 먼 곳으로 향한 채 그저 가만히 바라보고 있을 뿐이었다.

그가 무슨 생각을 하는지, 어떤 기분인지는 알 수 없다.

하후상이 유진천의 마음을 짐작하지 못하는 것처럼 유진천도 하후상의 마음을 짐작할 수는 없었으니까.

"할 만큼 했어. 뒤는 내가 알아서 할게."

하후상의 얼굴이 일그러졌다.

가만히 유진천을 노려보던 그는 몇 번이고 되새기던 말을 이윽고 꺼내놓았다.

"모르는 거냐?"

무엇을 묻는 것일까?

뜬금없는 물음이지만, 유진천은 그의 말을 이해한 듯싶었다.

"알고 있어."

"그런데도?"

"달라질 건 아무것도 없으니까. 어차피 결과는 같잖아."

그 말이 맞다.

달라질 것은 아무것도 없다.

하후패를 막지 못하는 이상, 그들에게 남아 있는 것은 절대 불변의 공평한 죽음뿐이니까.

하지만 다르다.

"죽음도 같은 죽음이 아니다. 너는 끝까지 이용당하겠다는 거냐? 그들의 의도대로 놀아나다가 그들의 의도대로 죽겠다는 거야? 그걸 받아들이겠다고?"

"다른 수가 없으니까."

"수는 언제나 있어! 그 길을 걸을 용기가 있느냐의 문제지."

유진천은 빙그레 웃었다.

이런 대화를 나누는 사람이 눈앞에 있는 하후상이라는 것이 우스웠다.

그들이 이리 대화할 정도로 친근한 사이였던가.

하지만 한편으로는 즐겁기도 했다.

친우라 불리는 이나 연인이라 불리는 이도 해줄 수 없는 공감.

천하에 오직 하후상과 그만이 서로를 이해할 수 있었다.

"이용당했다고 생각하지는 않아."

"……."

"그들도 방법이 없었을 테니까. 그러기에 하후패는 너무 강하고 너무 위험하지. 원망하던 때도 있지만, 지금은 딱히 그리 생각하지 않아. 차라리 다행이다 싶기도 하니까."

"다행이라고?"

"내가 아니면 모두 죽을 테니까, 내가 아니면 그를 막을 수 없을 테니까. 결과적으로 내가 그를 막아낼 수 있을지도 모르니까. 그러니까… 이제는 다행이라고 생각하고 있어."

"그럼 대체 네겐 뭐가 남지?"

유진천은 조금 난처하다는 듯 말을 삼켰다.

"나를 기억하는 이들이 살아가겠지."

"……."

"기억을 공유할 사람이 없다는 건 슬픈 일이지. 세상에 홀로 남겨지는 것 같거든."

하후상이 주억거렸다.

"그렇지."

하후상은 자신도 모르게 긍정하고 말았다.

마련에 떨어져 그를 이해해 줄 사람을 모두 잃었을 때, 그가 가졌던 절망감을 어떻게 설명하고 표현할 수 있을 것인가.

세상을 살아가고 있음에도 홀로 다른 세상에 있는 듯한, 그 막연한 단절감은 때론 죽음보다 깊은 절망을 가져오기 마련이었다.

"이해할 거라 생각했어."

"나 역시 그랬으니까."

유진천이 웃었다.

조금 쑥스럽기도 하다.

하지만 지금이 아니면 할 수 없는 말을 꺼냈다.

"그래서 기뻤어."

"처음 만났을 때?"

"인상은 최악이고, 다친 사람을 괴롭히는 꼴이 좀생이 같아 화도 났지만 말이야."

"쿡쿡쿡쿡."

하후상은 웃었다.

하지만 그의 웃음은 처연하게만 들렸다.

"난 너를 좋아할 수가 없었다."

"알아."

"그런 이유 때문이 아냐. 그래도 나름 기대하고 갔는데 약해빠진 놈이 앉아 있으니 화가 날 수밖에. 적어도 넌 나만큼은 강해야 했어. 생각보다 너무 약했거든."

"그럴 수밖에."

당시의 유진천이라면 이해하기 힘든 말일 것이다.

하지만 지금의 유진천은 알고 있었다, 그 말이 사실이라는 것을.

광기의 천인, 그 미친 자들이 목숨을 포함한 모든 것을 걸고 만들어낸 초인이라기에 유진천은 너무도 나약했다.

빠르게 강해져 왔다고 생각했지만, 아니었다.

그들의 능력을 감안한다면, 유진천은 너무도 약했다.

"아니, 솔직히 말하자면 약해서 화가 난 건 아냐. 너는 내가 있어야 할 자리를 뺏은 사람이니까. 그냥 조금 치기를 부린 거지. 그것도 아니면 광천에 대한 내 증오가 너에게로 향한 것일지도 모르지. 나도 어렸으니까."

유진천은 씁쓸히 뇌까렸다.

"원해서 얻은 자리는 아니야."

그 표정과 그 눈빛.

하후상은 살짝 눈을 감고 말았다.

동질감.

아니라 하고 싶어도 느낄 수밖에 없다.

그와 유진천은 닮았다.

살아온 방식도, 살아가는 방식도.

그럴 수밖에 없다.

그는……

말을 해야 할까?

하후상은 잠시 고민하다 입을 열었다.

"알고 있구나."

전의 말과는 다른 의미였다.

두서없는 말.

하지만 유진천에게는 그 뜻이 온전히 전달되는 말이었다.

"그래."

"누가 말한 거지?"

"어머니."

하후상은 입술을 꽉 깨물었다.

유진천은 모든 것을 알고 있었다.

과거와 현재, 그리고 그가 걸어가야 할 미래까지도.

하지만 담담히 그것을 받아들이고 있었다.

"멍청한 놈."

그 말밖에는 할 게 없었다.

모든 것을 알고 있음에도 하후패를 막아서겠다는 유진천에게 가장 어울리는 말은 그것밖에 없었으니까.

다만, 차갑고 사납게 뱉어낸 말끝이 조금 떨려오는 것만은 하후상으로도 어쩔 수 없는 일이었다.

"그런다고 누가 알아줄 것 같아?"

"알아주길 바라는 건 아니야."

"하!"

하후상이 으르렁대었다.

"바뀐 건 아무것도 없어. 그들은 광천에 책임을 넘겼고, 이젠 네게 넘기겠지. 광천의 희생으로 그들은 백 년의 시간을 벌었고, 이젠 너의 희생을 바탕으로 살아가려 하고 있다. 그들이 살아남는다 해도 네가 죽어버린다면 무슨 의미가 있지? 네가 살아야 의미가 있는 거다."

"말했잖아. 나를 기억하는 사람들이 남을 거라고."

"그러니까, 그게 무슨 의미가 있냐는 거다!"

살짝 갈라진 하후상의 목소리에 유진천은 곤란하다는 듯 웃고 말았다.

"그럼 어쩌겠어. 아무것도 하지 않으면 모두가 죽게 될 텐데. 함께 죽느냐, 아니냐의 차이일 뿐이잖아."

아니라고 말하고 싶었다.

다른 방법이 있다고, 같이 찾아내면 된다고 말하고 싶었다.

하지만 아무 말도 할 수 없었다.

사실이 아니니까.

다른 방법 따위는 없으니까.

수십 년을 고민하고 또 고민해 찾아낸 방법마저 통하지 않았는데, 지금부터 또 무엇을 찾아낼 수 있다는 말인가.

'나는 무력하구나.'

하후상은 깊이 가라앉아 가는 육체를 부여잡았다.

쓰러지면 안 된다.

지금 그의 앞에서만은 쓰러져서는 안 된다.

그건 천하의 무게를 짊어지고 걸어가야 할 이 작은 어깨에 대한 모욕이다.

"결심한 거냐?"

"오래 기다리게 할 수는 없지. 그의 인내심이 언제 바닥날지 모르니까."

"그렇구나."

하후상은 더는 할 말이 없었다.

유진천도 말을 잇지 못했다.

둘은 한동안 말없이 그렇게 시간을 보냈다.

"가볼게."

"그래."

문을 열고 나가는 유진천을 향해 하후상이 소리쳤다.

"유진천!"

"……."

말없이 고개를 돌려 그를 바라보는 유진천을 향해 하후상은 차마 전하지 못했다, 그의 안에 있는 한 단어를.

"아니다."

"싱겁게."

문이 닫히고 그가 나갔다.

"으윽."

전신에 밀려오는 격통으로 인해 휘청이는 하후상을 봉연이 부축했다.

"괜찮으십니까?"

걱정스러운 봉연의 눈길을 보며 하후상은 빙그레 웃었다.

"연아."

"예, 마공자."

"나도 참 못난 놈이구나."

"그렇지 않습니다. 마공자께서는 다시 일어나셔서 그 뜻을 이루실 것입니다."

하후상은 고개를 저었다.

"아니다, 그게 아니야. 말해줘야 하는데, 어쩌면 놈도 내가 할 그 말을 기다리고 있었을지도 모르는데… 그 심정을 누구보다 잘 아는 내가 말하지 못했다. 내가 인정해 주지 않으면 인정받을 수 없기에 먼저 말할 수 없는, 그 심정을 모르는 바가 아닌데……."

하후상은 유진천이 나간 문을 바라보며 깊고 낮은 한숨을 내쉬었다.

"말로 할 게 아니지. 보여주어야지. 그가 혼자 되지 않게 말이다."

"무슨 말씀이신지……."

"아니다, 아무것도."

봉연은 불안했다.

하후상의 목소리는 담담했고, 눈빛은 부드러웠다.

하지만 그의 분위기는 전에 없이 단호했다.

마치 뭔가 거대한 결심을 한 사람처럼.

그 결심이 무엇이든 지금의 하후상이 감당하기 힘든 일이 벌어질 거라는 것을 알기에 봉연은 불안했다.

할 수만 있다면 그를 말리고 싶었다.

하지만 말릴 수가 없었다.

말릴 수 있을지는 모른다.

눈물을 짜내며 매달린다면 거절하지 않을지도 모른다.

홀로 되는 것이 두렵다고 마음을 다해 외치면 하후상은 곤란해하다가 결국 그녀를 받아들일지도 모른다.

하지만 그럴 수가 없다.

그녀가 그를 막아서 마음이 돌아서게 된다면, 그때부터 하후상은 지금까지 그녀가 알고 있던 하후상이 아니게 될 것이다.

그건 하후상에게는 죽음보다 더한 고통이 될 것이다.

그럴 수는 없다.

그녀에게 있어 하후상은 적어도 그녀 자신보다는 소중한 사람이었으니까.

아프다 해도 그녀가 아파야 한다.

설령 그것이 하후상을 잃는 길일지라도.

'이분을 지켜주세요.'

기억도 나지 않는 사람에게 마음으로부터 비는 것이 그녀가 할 수 있는 유일한 일이었다.

방에서 나오자 그를 기다리고 있는 사람들이 보인다.

유진천은 제갈진에게 물었다.

"그는 어디 있소?"

"그가 있어야 할 곳에."

선문답.

"어디에?"

제갈진에게는 하후패가 있어야 할 곳이 단 한 곳이지만, 유진천에게는 여러 곳이었다.

"불망곡(不忘谷)."

하후패와 광천의 인연이 시작된 곳.

일천의 무인이 산화한 곳.

"그렇군."

멀지 않은 곳이다.

마음만 먹는다면 하루 만에도 닿을 수 있는 곳이다.

그가 그곳에 자리를 잡은 이유는 빤했다.

유진천을 기다리고 있을 것이다.

이 길었던 세월의 약속을 끝맺기 위해서.

모든 것이 시작된 곳에서 모든 것을 끝내는 것이 맞으리라.

그런 의미에서 아주 근사한 곳을 골랐다고 할 수 있었다.

"갈 셈인가?"

제갈진의 물음에 유진천은 가볍게 웃는 것으로 답했다.

굳이 물을 필요가 있을까?

가야지.

가야겠지.

그게 유진천이 살아온 이유니까.

하지만…….

"아직은 아니야."

그에게도 아직은 시간이 조금 필요했다.

어쩌면 마지막이 될지도 모르니까.

아니.

확실하게 마지막이 될 테니까.

밤이 깊어왔다.

정천맹의 비부(秘府)는 하남 땅에 있었다.

제이총타가 무너질 정도의 상황이라면 먼 곳에 비부를 만들어 그곳으로 사람들이 모이게 하는 것도 어려울 것이라고 생각했기 때문에 제이총타에서 멀지 않은 곳에 만들어둔 것이다.

평소에는 평범한 장원으로 보이기 때문에 극소수의 인원이 아니면 누구도 이곳이 정천맹의 총타라 생각하지 못할 것이다.

"다른 이들은?"

"모릅니다. 회포라도 풀겠지요. 아니면 자든가."

심드렁한 대답에 제갈진은 인상을 썼다.

"뭐가 그리 불만이더냐?"

"불만은 무슨 불만입니까? 언제부터 우리가 그리 사근사근했다고. 그러게 강호공적 자식 놈은 뭐하러 부르셨습니까?"

"잡아 가두려 불렀다."

"감옥도 없구만 가두기는 무슨."

툴툴거리는 제갈휘를 보며 제갈진은 빙그레 웃었다.

아마 갈 때가 된 모양이다.

그게 아니면 몇 번이고 죽음을 겪을 뻔하다 보니 그의 성격도 많이 변했든가.

저 뾰루퉁한 자식 놈이 귀여워 보이다니.

한창 귀엽던 어린 시절에도 정이 안 갔는데 장성한 자식 놈에게 정이 가는 걸 보면 그도 늙긴 늙은 모양이었다.

툴툴대면서도 몇 번이고 제갈진의 다리를 힐끔거리는 꼴이 기특하기도 했다.

"군사에게 다리 같은 것은 필요 없다."

"예이, 그렇습죠. 정 뭣하시면 아랫놈들 두엇 불러서 가마 타고 다니시면 될 일 아니겠습니까? 높으신 분이신데."

"후후후."

제갈진은 이 시간이 참 뜻 깊다고 생각했다.

이 시간이 지나고 나면 다시는 웃을 수 없을지도 모르니까.

"같이 갈 생각이냐?"

"뭐…… 여기 있다고 해서 딱히 할 것도 없고."

"네가 도움이 되겠느냐?"

제갈휘는 한숨을 쉬었다.

"그 괴물 같은 놈들 사이에 끼인다는 게 겁도 나고 하지만…뭐, 어쩌겠습니까. 이러면 안 된다는 것 아는데, 그래도 저는 무인 아니겠습니까?"

"무인이라……."

"머리로만 생각하고, 머리로만 따지는 게 싫어서 무인으로 살기로 했습니다. 그런데 이 빌어먹을 놈들은 사람을 무슨 답변 내어놓는 편리한 요술 통 취급하더란 말입니다. 거참."

아래로 처진 제갈휘의 손이 연신 쥐었다 펴지고 있었다.

긴장이 되는 것인지, 이 상황이 불편한 것인지.

"되레 네가 방해가 될 수도 있다."

제갈휘는 가만히 제갈진을 보다가 고개를 저었다.

"그래도 가야 합니다."

"어째서?"

"혼자 보낼 수는 없으니까요."

"하나……."

"아버지."

제갈휘가 단호하게 제갈진의 말을 끊었다.

"하후패에 대해 들으며 저도 느낀 것이 있습니다. 그동안 제가 잘못 생각했다는 것도 알았습니다. 그만한 이를 상대하려면 희생을 담보하지 않을 수 없다는 것을 압니다. 그들을 희생시킨 것이 아버지의 의도가 아니란 것도 알고 있습니다. 아버지는 할 수 있는 모든 것을 했고, 나는 그런 아버지가 자랑스럽습니다."

제갈진은 말없이 제갈휘를 바라보았다.

엇나가기만 하던 그의 자식이 지금 숨겨두었던 속내를 내보이고 있었다.

"하지만 아버지와 저는 길이 다릅니다. 아니요, 길이 다르기보다는 생각하는 게 다르겠지요. 아버지의 최선은 후일을 도모하는 것이지만, 저의 최선은 죽더라도 함께하는 겁니다. 우린 항상 그랬으니까요."

"후회하지 않겠느냐?"

"후회하겠죠. 아마 죽는 순간에는 쌍욕을 내뱉고 있을지도 모릅니다. 그래도 뭐……."

제갈휘가 어깨를 으쓱했다.

"어쩌겠습니까, 그리될 수밖에 없는 것을."

제갈진은 고개를 끄덕였다.

그의 자식이 선택한 길이다.

그렇다면 믿고 보내 주는 것이 맞았다.

"그래, 가라. 가서 하후패를 쓰러뜨리고 오너라. 제갈세가에서도 이제 영웅 한 명쯤은 나타날 때가 되었지."

"가문을 위해서 하는 것 아닙니다. 써먹지 마십시오."

"그건 장담 못하겠구나."

"에휴."

"이리 와보거라."

"됐습니다. 뭘 새삼스럽게."

"내가 이 다리로 기어가는 꼴을 봐야겠느냐?"

"에잉."

제갈휘는 툴툴거리면서도 제갈진을 향해 걸어갔다.

이윽고 제갈휘가 그의 바로 앞까지 다가오자 제갈진은 손을 뻗어 그의 자식을 끌어안았다.

징그럽다며 소리치려던 제갈휘가 입을 다문 것은 그의 등에 닿아 있는 손이 미미하게 떨리는 것을 느꼈기 때문이다.

짧은 포옹.

그뿐이었다.

"휘야."

"예, 아버지."

"조심해서 다녀오거라."

"새삼스레."

제갈휘는 툴툴거리며 걸어가 방문을 열었다.

밖으로 나가 문을 닫기 전, 그는 조용히 입을 열었다.

"건강 좀 챙기세요."

"……."

문이 닫히고 제갈진은 눈을 감았다.

아들을 사지로 보냈지만, 흔들려서는 안 된다.

그가 해야 할 일은 그들이 실패했을 때 남은 이들을 어떻게든 이끄는 것이니까.

그가 가져야 할 것은 감상이 아니라 철혈의 심장과 차가운 피였다.

"……조심하거라."

하지만 그도 지금은 한 사람의 아비일 뿐이었다.

"할아버님!"

"이놈아! 아프다!"

검학 매청운은 그의 가슴에 뛰어든 매검의 등을 두드렸다.

"살아 계셨으면 진즉에 좀 연락을 하시지그러셨습니까?"

"왜 이놈아! 죽은 줄 알았더냐?"

"살아 있을 거라 생각은 했지요. 그런데 시일이 너무 지나다 보니……."

"고얀 놈."

매청운은 말로는 나무라면서도 매검의 머리를 쓰다듬었다.

"위지군악, 그 양반이 사람을 질질 끌고 다니는데, 도통 달아날 수가 있어야지. 차라리 죽일 것이지, 부상 입은 사람을 그리 혹사시키는 게 어디 있단 말이더냐!"

"함께 계셨습니까?"

"그래. 오늘까지 포로 취급 받으면서 끌려 다녔다."

"그런 것치곤……."

"왜? 너무 멀쩡하냐?"

"예."

"그 사람이 나를 괴롭힐 이유가 없지 않느냐."

"그야 그렇습니다."

매청운은 혀를 찼다.

"말년에 막둥이 하나 잘못 낳은 죄지. 눈에 넣어도 아프지 않을 애가 절맥으로 하루하루 죽어가는데, 제정신일 사람이 누가 있겠더냐. 원망하고 싶지가 않다."

"그래도 정도를 넘었잖습니까."

"마공자 놈의 심계가 대단했던 게지. 원망하려면 그놈을 원망해야지."

"그럼 찾아갈까요?"

"안 그래도 다녀왔다. 반송장이 되어 있는 놈에게 뭔 말을 하겠느냐. 그건 그렇고……."

매청운이 매검을 가만히 노려보다 말했다.

"너도 갈 거냐?"

"물론입니다."

"죽을 텐데?"

"그럼 어쩔 수 없지요."

"허… 이놈아, 살아야 비무도 하는 거고, 살아야 무학도 익히는 것이다. 네 실력으로 마제의 일 초라도 버틸 수 있을 것 같으냐?"

"제 실력이요?"

매검의 되물음에 매청운이 매검의 위아래를 훑었다.

"너, 너 뭐냐? 뭔 짓을 하고 다닌 거냐?"

"원래 잘될 놈은 알아서 잘됩니다. 이제 할아버님과 비무를 하고 싶은 생각도 잘 안 듭니다."

"허허허, 내가 이 나이에 손자 놈한테 무시를 받게 될 줄이야."

말은 그렇게 했지만 검학은 정이 듬뿍 담긴 눈으로 그의 손자를 바라보았다.

언제 이 아이가 이렇게 강해졌다는 말인가.

비무를 할 생각이 잘 안 든다는 건 그를 배려해 준 말에 불과했다.

비무를 할 필요도 없을 테니까.

"어디서 느껴본 듯한 기운인데?"

"인연이 있어. 천검 대협의 도움을 받을 수 있었습니다."

"천검!"

단 한마디로 모든 것을 납득한 듯한 검학을 보며 매검은 머리를 긁적였다.

이상하게 나이 지긋하신 양반들은 천검이라는 말 한마디면 모든 것을 이해해 버리는 눈치였다.

실제로 매검이 천검에게서 받은 것은 내공뿐이었고, 대부분은 유진천과의 인연으로 얻은 무위건만.

'설명해도 이해 못하실 테니까.'

군이 여기서 쓸데없는 것을 언급하여 밤새도록 무학에 대해 토론하고픈 생각은 없었다.

"그렇다면 가능하지. 그래, 네가 천검 대협의 유진을 이었구나."

"유진까지는 아니고요."

"그래, 훌륭하다."

"아, 네."

매검은 즐거워하시는 할아버님을 보며 그냥 혼자 답답하고 말기로 했다.

효도가 따로 있는 게 아니었다.

"하지만 검아."

"예, 할아버님."

"하후패는 당년의 천검께서도 감히 홀로 대적하실 수 없던 괴물이다. 천검의 진전을 이었다고 안심할 수 있는 자가 아니란다. 그저 겨우 앞에 설 자격을 얻은 정도겠지."

매검은 몸을 똑바로 세웠다.

"할아버님."

"그래."

"저는 천검이 아닙니다. 저는 매검이지요. 언젠가는 그분마저 뛰어넘을 할아버님의 손자입니다."

"으음……."

"이제 웬만큼 싸울 사람과는 모두 싸워봤으니, 그와도 비무

240

를 해봐야 하지 않겠습니까?"

"그래, 그래야 내 손자지."

검학은 매검의 등을 두드렸다.

하지만 그의 손에는 안타까움이 서려 있었다.

그가 설 수 없는 자리에 그의 손자가 선다.

그 사실은 뿌듯함과 동시에 서글픔과 안타까움을 가져다주었다.

'조금이라도 도움이 된다면 내가 대신하고 싶구나.'

그는 이제 방해만 될 뿐이라는 것을 알고 있다.

혈육이라서 아낄 상황이 아니란 것도 알고 있다.

하지만…….

검학의 마음을 눈치챈 매검이 미간을 좁혔다.

"어쨌든 저는 절대로 가야 합니다."

"으응?"

"그 기생오라비 놈이 혼자 다녀와서 평생 동안 놀려 댈 걸 생각하면 차라리 거기서 죽겠습니다."

"이놈!"

둘은 그렇게 웃고 떠들었다.

마지막만은 즐거운 기억으로 남는 게 좋을 테니까.

"나도 같이 간다."

"할아버님."

"떼끼 놈! 네가 아무리 컸다 해도 나는 남궁장천이다! 어디

뒷방 늙은이 취급을 하느냐!"

"하나……."

"잔말할 것 없다. 간다면 가는 것이다."

남궁산은 한숨을 쉬었다.

하기야 남궁장천의 무위를 생각한다면 도움을 받을 수 있을지도 모른다.

그야 창천검(蒼天劍)이라 하면 천하제일을 다투는 검객 아니던가.

원래라면 정말 중요한 전력이다.

다만, 문제는 유진천을 비롯한 친우들의 무위가 이제 이들과 너무 큰 차이가 나버렸다는 것이다.

하늘과도 같이 여겼던 할아버님을 설득해야 하는데, 그 이유가 약하기 때문이라니.

이걸 어찌 납득시킨다는 말인가.

대놓고 말할 수도 없는 노릇이니…….

"그래도……."

"어허!"

"아니……."

"이놈이!"

남궁산은 고개를 푹 숙였다.

"예, 같이 가시지요, 할아버님."

"진작 그랬어야지, 이놈!"

세상에는 말이 통하지 않는 노인들이 있다는 것쯤은 아는 바였다.

그런데 그게 하필 본인의 할아버지라니!

남궁산은 한숨을 푹푹 내쉬었다.

친구 놈들이 해 댈 잔소리가 벌써 귓가에 들려오는 것만 같았다.

"하지만 태상가주님, 혹여라도 일이 잘못될 시에는……."

남궁강의 말에 남궁장천이 눈살을 찌푸렸다.

"가주도 있고 유광이도 있는데, 뭐가 문제라는 말이더냐?"

"하지만……."

"어차피 하루라도 빨리 내가 뒷방으로 꺼져 주길 바라는 놈들이다. 가서 죽기라도 하면 마음 같아서는 잔치라도 벌이고 싶겠지."

"설마 그럴 리야 있겠습니까?"

"됐다. 모르는 바도 아니고, 네 녀석들 앞에서 할 말도 아니구나. 어찌 되었든 나는 갈 테니, 그리 알고 있거라."

"예."

남궁강은 슬쩍 남궁산에게 눈치를 주었다.

"산아."

"예, 형님."

"할아버님이 가시는데 너는 안 가도……."

"어허!"

남궁장천의 노한 목소리가 벼락처럼 떨어졌다.

"강이, 네 이놈!"

"송구합니다, 태상가주님."

"네놈이 감히 남궁의 이름을 가지고도 그딴 망발을 입에 담는 것이냐!"

남궁강은 대답도 하지 못하고 고개를 푹 숙였다.

평소 인자하기 그지없지만 화가 났을 때는 그의 아버지와 숙부들도 벌벌 떨만큼 무서운 사람이 남궁장천이었다.

"명문의 이름은 자신의 의무를 다했을 때만 지켜지는 것이다. 여기서 우리가 잇속을 차린다면 살아남는다 해도 무슨 의미가 있겠느냐! 남궁의 이름이 조롱거리로 남길 바라는 것이냐!"

"……하지만 세상 사람들은 산이를 중요히 여기지 않을 것입니다."

"너는 알고 있지 않느냐! 나도 알고 있다. 그리고 산이 스스로가 알고 있어! 너는 네 동생이 평생 동안 도망갔다는 죄책감을 안고 살게 만들 셈이냐!"

남궁강은 고개를 저었다.

"소손이 불민하여 거기까지는 생각하지 못했습니다. 하지만 산이는 다음 대의……."

"그만."

남궁강의 말을 자른 것은 남궁장천이 아니었다.

남궁유광.

남궁강의 아버지이자 남궁산의 아버지인 그가 지켜보다 입을 연 것이다.

"산이가 가는 것이 옳다."

"하나……."

"내 말을 듣지 않겠다는 것이냐?"

남궁강은 고개를 저었다.

아버지가 하는 말에 토를 달 수는 없었다.

"그리 알고 준비시키도록 해라. 그리고 산이는 잠깐 나를 보자꾸나."

"예."

남궁산은 작은 목소리로 대답하고 남궁유광을 따라나섰다.

따로 자리를 잡은 남궁유광이 조용히 입을 열었다.

"두려우냐?"

"아닙니다."

"너는 남궁의 후예다. 두렵다 해도 버텨내야 한다. 설사 그 결말이 죽음일지라도 명예를 지키지 못한 삶보다는 훨씬 떳떳할 수 있을 것이다."

"명심하겠습니다."

"그리고……."

남궁유광은 가만히 남궁산을 바라보았다.

감정이 담기지 않은 듯한 눈빛.

남궁산은 그 눈빛을 마주하는 것이 싫었다.

그의 마음 한구석에 여전히 살아 있는 죄악감을 떠올리게 만들기 때문이다.

"나는 네가 자랑스럽다."

남궁산의 눈이 떨렸다.

그의 아버지는 이런 말을 입에 담는 사람이 아니었다.

기억 속의 아버지는 항상 똑같았다.

심지어 그의 어머니가 정부인을 독살했다는 것이 밝혀진 후에도 그는 전과 같이 남궁산을 대했다.

차라리 차가운 눈빛 한 번이라도 보여주었다면 좋았을 것을, 그가 남궁산을 바라보는 눈빛은 언제나 무심하기만 했다.

"천하에 닥친 환란을 막아서는 이 중 어린 네가 있고, 너의 성이 남궁이라는 사실이 나는 무엇보다 자랑스럽다."

"아버지……."

"남궁의 찬란한 역사에도 없던 일이다. 앞으로도 다시없을 일이겠지. 너는 잘해주었다."

남궁산은 고개를 숙였다.

가슴이 울컥한다.

인정받고 싶었다.

언제나 인정받고 싶었다.

다른 누구도 아닌 바로 눈앞의 이 사람에게.

지금까지 남궁산이 해온 노력은, 남궁산이 살아온 삶은 모두 이 사람에게 인정받기 위한 과정과도 같았다.

학관에서 두각을 나타내었을 때도.

심지어 차기 가주라 칭해지는 그의 형과 호각을 이루었을 때도.

후기지수 중 최고라 평가 받았을 때마저 단 한 번도 들어보지 못한 칭찬이었다.

"하나 산아."

"예, 아버지."

"그걸로 만족하느냐?"

"……예?"

"너는 다시없는 곳에 서 있지만, 네 곁에는 제갈가가 있고, 매가가 있고, 광천의 후예마저 있다. 너희가 설령 목적을 이룬다 해도 너는 그들 중 하나로 기억될 것이다."

"……."

"그걸로 만족하느냐?"

"아버지, 저는……."

남궁유광은 남궁산의 말을 잘랐다.

"네가 해야 할 일이 있다."

남궁산의 눈이 흔들렸다.

달은 시리게 대지를 내려다보고 있었다.

이미 서산 너머로 사라진 해 대신 나타난 달은 은은한 빛으로 대지를 비추었다.

위지화영은 그 달빛이 마치 죽어간 이들을 위한 진혼곡(鎭魂曲)처럼 생각되었다.

달빛이 위로하는 이들 중에는 그의 아버지도 있으니까.

'아버지.'

그녀를 위해 평생을 헌신해 온 정천맹을 배신한 사람이다.

밉다, 증오한다, 소리쳤지만, 미워할 수도, 증오할 수도 없었다.

그런 이가 이번에는 사람들을 지키며 대신 죽어갔다고 했다.

'다행이야.'

다행이다.

배신자라는 꼬리표는 결코 떨어지지 않겠지만, 최소한의 속죄는 되었으리라.

아마 지금쯤 구천에서라도 웃고 계시지 않을까?

위지화영은 그리 생각했다.

하지만…….

"잘하셨다고는 말 못하겠어요."

죽지 않는 게 나을 텐데.

차라리 배신자라고 손가락질 받을지언정 살아 있는 게 더 나을 텐데.

아니. 그렇지 않더라도…….

적어도 마지막으로 얼굴 한 번은 볼 수 있더라면 좋았을 텐데.

마지막으로 본 아버지의 모습이 절벽에서 떨어지는 그녀를 바라보던, 절망 어린 얼굴이라는 것이 너무도 서글펐다.

적어도 평범한 얼굴이었다면 기억 속에서나마 평안해 보일 텐데.

저벅.

발소리가 들려온다.

위지화영은 고개를 돌려 다가오는 사람을 바라보았다.

평소에는 들으려고 해도 들을 수 없던 발소리가 이렇게 크게 들리는 걸 보니 절로 웃음이 나온다.

"그냥 와요."

"흠……."

헛기침으로 민망함을 떨쳐 낸 유진천이 천천히 그녀에게로 다가왔다.

"올라가도 되나?"

"누가 말리겠어요."

유진천은 위지화영이 앉아 있는 처마로 뛰어올라 그녀의 곁에 나란히 앉았다.

"쓸데없이 발소리 내기는."

"흐흠."

아버지의 죽음을 전해 듣고 상심해 있을 그녀를 위로해야 한다 생각했지만, 홀로 달을 보고 있는 모습을 보니 어떻게 다가가야 할지 몰랐던 유진천이다.

"안 해요?"

"응?"

"위로."

"음, 해야지."

"어떻게 할 건데?"

"글쎄."

곤란해하는 유진천을 보며 위지화영은 피식 웃었다.

말주변이 없는 사람이다.

제대로 된 위로 같은 걸 받을 수 있으리라고는 처음부터 생각도 하지 않았다.

그래도 위로하겠답시고 여기까지 찾아온 그 마음이 기특하지 않은가.

"아버지는⋯⋯."

말을 꺼낸 쪽은 되레 위지화영이었다.

"후련했을까요?"

"아니."

유진천은 고개를 저었다.

이럴 때는 그냥 그렇다고 해야 하지 않을까?

"미련이 남았겠지, 보지 못했으니까. 마지막까지 아쉬움과 미련을 버리지 못했겠지."

생각하지 못한 말을 들은 위지화영의 어깨가 떨렸다.

그랬을까? 정말?

"그래도 어쩔 수 없었을 거야. 해야 하는 일이니까. 때로는 미련이 남아도 포기해야 할 때가 있는 법이니까."

"그냥!"

위지화영의 목소리가 격해졌다.

"그냥 그러지 않아도 됐잖아요. 그냥 아무도 모르게 나를 만나러 왔어도 됐을 텐데⋯⋯."

하면 안 되는 말이라는 건 알고 있다.

그녀의 아버지는 마련에 혼을 판 배신자고 죄인이다.

그 때문에 죽어간 이들을 생각하면 지금 자신이 하는 말이 얼마나 이기적인 말인지 모를 리가 없었다.

다른 사람 앞에서라면 할 수 없을 말이다.

하지만 이 사람 앞에서라면 그녀의 가슴 깊은 곳에 숨겨두었던 말조차 꺼낼 수 있었다. 이상하게도.

"평생을 헌신해 왔던 곳마저 배신했어."

"알아요."

"널 위해서."

"……."

"난 잘 모르겠지만, 그분이 그래야 했다면, 그건 너를 위해서였겠지. 너를 지키기 위해서라면 네 주변을 맴도는 것보다 하후패를 막아서는 것이 더 옳다고 여겼을 거야."

위지화영은 고개를 들어 달을 바라보았다.

'아버지.'

어쩌다 저런 딸을 낳아서 이런 고생을 해야 하나며 엄살 피우던 위지군악의 모습이 자꾸 생각난다.

그녀를 바라보는 얼굴은 내내 미소가 가득했고, 그녀를 바라보는 그 눈빛은 언제나 따뜻했다.

항상 따뜻했기에 있을 때는 그 소중함을 알 수 없었다.

그녀의 어깨가 떨려온다.

유진천은 말없이 그녀의 어깨를 감싸 안았다.

"미안해요."

뭐라 답해줘야 할까.

하지 않기로 했다.

가족을 잃은 사람을 위로할 수 있는 말이란 건 없으니까.

어떤 위로도 실제로 그녀의 마음을 위로할 수는 없으니까.

그도 겪어봤듯이.

비록 그는 위로라는 것을 들어보지도 못했지만.

"미안해요. 당신은 이미 겪은 일인데, 당신도 부모를 잃었을 텐데, 나 혼자만 이러면 안 되는 거 아는데……."

유진천은 고개를 들어 달을 바라보았다.

아무 말도 할 수 없었다.

그녀의 말을 고쳐 줄 수도 없다. 설명할 자신도 없다.

그저 입을 다물고 있는 것이 거짓말이 된다는 것을 알지만, 지금은 어쩔 수가 없다.

달은 밝았다.

너무도 밝아 되레 슬프기만 하다.

유진천은 그렇게 말없이 그녀를 안고 눈을 감았다.

'미안하다.'

그녀는 이해하지 못할 사과를 홀로 뇌까렸다.

81장
재회(再會)

시간은 천천히 지나갔다.

기다려야 할 사람과 떠나야 할 사람이 정해졌다.

하지만 가장 중요한 사람이 움직이지 않으니, 그저 멍하니 시간을 보낼 뿐이었다.

그 와중에 가장 바쁜 이는 제갈진이었다.

죽은 이들은 죽은 이들이고, 살아 있는 몇 만의 병력을 통제하고 이끄는 것도 쉬운 일이 아니었다.

부상이 채 낫기도 전에 격무에 시달린 제갈진은 거의 시체나 다름없는 몰골이었고, 그런 아버지를 지켜보다 열이 받은 제갈휘가 그를 책상에서 끌어내리려다가 도리어 붙들려 책상에 앉게 되었다.

집무실에서 곡소리가 울려 퍼졌지만, 아무도 그를 도와주지 않았다.

그를 모르는 이는 몰라서 도울 수가 없었고, 그를 아는 이들은 알기에 내버려 뒀다.

초조함과 긴장감이 느슨함으로 바뀔 무렵.

밝기만 했던 달빛이 이젠 조금 더 은은해진 깊은 새벽, 유진천이 방을 나섰다.

조용히 건물 밖으로 나오고는 뒤를 한 번 돌아본다.

새삼스레 감회에 젖을 생각은 없다.

정해진 일이니까.

미련 같은 건 이제 떨쳐 버렸다.

몸을 돌린다.

"이럴 줄 알았어."

낮게 들려오는, 원망 어린 목소리.

유진천은 한숨을 내쉬었다.

"언제?"

"먼저 나와 있었어요."

"못 느꼈는데?"

"자기만 엄청 센 줄 아나 보네. 이제 나도 세거든요?"

유진천은 위지화영과 눈을 마주쳤다.

가만히 그녀를 바라보던 유진천이 입을 열었다.

"가야 해."

"알아요."

담담하다.

"그런데 혼자는 못 가요."

담담하지만 확고하다.

"이건 처음부터 정해져 있던 일이었어. 이제 그때가 온 것뿐이야."

"알아요, 나도."

"그러니까… 보내줘. 가는 사람 마음 편할 수 있게."

위지화영은 피식 웃었다.

"웃기는 사람이야, 진짜."

"……."

"그거 알아요? 죽겠다는 사람 강제로 살린 건 당신이에요. 지금은 차마 얼굴이 화끈거려서 하지도 못할 말을 늘어놓고 책임진다고 한 사람은 당신이라고요."

위지화영의 얼굴이 붉어졌다.

부끄러워서?

아니면 화가 나서?

"그런데 뭐? 이제 혼자 가겠다고? 마음대로 해요. 당신은 가면 그만이지. 그런데 내가 따라가는 걸 막을 수는 없을 거니까."

"나는……."

유진천은 천천히 마음을 풀어놓았다.

"지키고 싶어."

이제는 확연해진 마음을.

"너희와 있는 게 좋았어. 나를 보는 눈에 절망이 어려 있지

않으니까. 그래서 좋았어. 그전까지 나는 항상 슬픔과 분노가
뒤섞인 눈만을 보았거든."

"……."

"그래서 즐거웠어. 그래서 소중했지. 그래서 혼자 가는 거
야. 너희를 지키고 싶어."

낮은 웃음이 들렸다.

위지화영은 어이가 없다는 듯 웃고 있었다.

"이상한 사람이네, 진짜."

"이상해?"

"당신이 뭔데 나를 지켜?"

"……."

"웃기지 마요, 유 소협. 나는 무인이야. 당신 친구들도 무인
이지. 나는 한 번도 당신에게 지켜지고 있다고 생각한 적 없어
요. 그냥 같이 가고 있다고 생각했지."

"그런 의미는 아니야."

"아니, 맞아요. 아니면 나를 두고 가지 않을 테니까. 당신이
나를 함께 가는 사람이라 생각했다면 이런 식으로 몰래 빠져나
와서 나를 두고 사지로 걸어가진 않을 거야! 절대로!"

처음 듣는 것만 같은 날카로운 그녀의 목소리에 유진천은 어
떤 말을 해야 할지 정할 수 없었다.

그저 침묵할 뿐.

"항상 당신은 그런 식이지. 혼자서 감내하고, 혼자서 버티고,
혼자서 세상 모든 걸 끌어안고 가겠다는 듯이! 혼자서! 또 혼자

서! 그럼 나는 뭔데?"

그녀의 눈가에 눈물이 맺힌다.

닦아주어야 할 텐데…….

다가갈 수가 없다.

그런 유진천의 마음을 아는 것인지, 그녀가 천천히 유진천에게로 다가왔다.

"……당신까지 사라져 버리면 난 이제 혼자잖아."

혼자란 건…….

외로운 일이다.

때로는 너무도 외로워서 사무칠 만큼.

"혼자 두지 마."

"……."

"혼자 두지 마요."

그의 가슴에 얼굴을 기대 오는 그녀를 밀어낼 수가 없었다.

두고 가야 하는데 밀어낼 수가 없었다.

"사랑해."

유진천은 눈을 감았다.

"두고 가지 마."

떨리는 그녀를 끌어안은 채 아무런 말도 할 수 없었다. 아무 말도.

그녀의 마음을 모르는 건 아니었다.

홀로 남겨진다는 건 힘든거니까.

하지만 사람은 살아간다.

홀로 남겨진 유진천도 살아서 그녀를 만났고, 친구들을 만났다.

힘들고 괴로워도 살아가다 보면 사람은 다시 행복을 찾기 마련이니까.

그러니까……

"거, 괜히 뒷목 내려쳐서 기절시키니 어쩌니 하지 말자. 잘못하면 사람 죽어."

위지화영이 급하게 유진천의 품에서 빠져나왔다.

그러고는 목소리가 들려온 곳을 향해 도끼눈을 뜨고 노려보았다.

"구해줬는데 되레 짜증이군."

"누가 구해 달랬어요?"

"저 봐, 저. 어휴."

그곳에는 서류 작업을 하느라 야위어 버린 제갈휘가 서 있었다.

"어차피 기절시켜도 똑같아. 혼자 가고 싶으면 날 쓰러뜨리고 가야 할 거야."

"아니면 날 죽이든가."

매검이 문을 열고 걸어 나오며 말했다.

매검을 보며 휘파람을 불던 제갈휘가 한쪽으로 고개를 돌렸다.

"넌 왜 아무 말 안 하냐. 혼자 보내려고?"

남궁산은 고개를 가로저었다.

"같이 가겠다고 할 필요는 없으니까."

"왜?"

"어차피 불망곡으로 갈 거잖아. 따라가면 그만이지."

"니가 군사 해라. 나보다 낫네."

제갈휘는 히죽 웃으며 유진천을 돌아보았다.

"그렇다는데?"

유진천은 한숨을 내쉬었다.

신파극은 질색이다.

"그러니까 나는……."

"어이, 어이, 잠깐만!"

제갈휘가 그의 말을 끊었다.

"말하기 전에 내 이야기부터 듣지. 너 혹시 착각하는 모양인데, 우리가 우정이니 뭐니 하면서 낯 뜨겁게 달려들고 있다고 생각하면 큰 오산이다."

"그렇지."

매검이 고개를 주억거렸다.

"솔직히 너하고 친구는 맞지만, 진짜 목숨까지 걸고 대신 죽어줄 친구는 아니잖냐. 말이 그렇지, 어떻게 내 목숨을 친구한테 바쳐? 난 못하지."

"그럼, 그럼."

남궁산의 눈가가 가늘어졌다.

언제부터 매검이 제갈휘가 하는 말에 저리 추임새를 잘 넣었더라?

예전에는 말만하면 반박하고 싸우지 않았던가?

"어. 저…… 난 꼭 그리 생각하진 않는데."

"넌 조용."

"……응."

남궁산은 구석으로 가 쪼그려 앉았다.

"그럼 왜?"

유진천의 물음에 제갈휘가 어깨를 으쓱했다.

"우정이니 뭐니 그런 거 난 몰라. 다만, 니가 이렇게 혼자 가서 이기든 지든 내 입장에서는 좋을 게 없어. 지면 다 죽는 거니까 좋을 게 없고, 이기면 받아 처먹고 아무것도 갚지 못했으니 평생 빚을 지고 살아야지. 사내새끼가 그럴 수는 없는 것 아니겠어?"

"동감. 난 차라리 혀 깨물고 죽었으면 죽었지, 그 꼴은 못 본다."

남궁산은 감탄했다.

죽이 척척 맞는데?

논리상으로도 완벽하다.

"그리고 다른 무엇보다……."

제갈휘가 씹어뱉듯 말했다.

"내가 죽을지 살지를 내가 아니라 네가 정한다는 게 마음에 안 들어. 여기서 손 빨고 기다리라고? 웃기지 마. 네가 나를 뿌리치고 간다고 해도 난 여기서 널 기다릴 생각 따위는 눈꼽만큼도 없어. 그러니까 이제 결정해. 우릴 모두 쓰러뜨리고 혼자 갈

건지, 아니면 지금까지처럼 끝까지 같이 가든지."

"쓰러뜨리고로는 안 될 거야. 죽이고 가든가."

물론 남궁산은 의견이 달랐다.

"굳이 죽을 필요까지야……."

"쓰읍."

"아니야."

말없이 그들을 바라보는 유진천을 향해 위지화영이 입을 열었다.

"같이 가요."

"……."

"마지막이 될지도 모르니까. 그러니까 적어도 마지막은 함께 해야죠."

지금까지 딱히 의견을 내세우지 않던 남궁산이 입을 열었다.

"진천아."

"음."

"어차피 패배한다 해도 같이 죽느냐, 따로 죽느냐잖아."

"……그럴지도."

남궁산은 빙그레 웃었다.

"그럼 같이 죽자."

"……."

"그게 서로 덜 외로울 테니까 말이야."

유진천은 웃고 말았다.

말도 통하지 않고, 설득도 먹히지 않는다.

죽이고 가라는데 뭔 말을 하겠는가.

"너희는 정말…… 멍청한 놈들이야."

제갈휘가 인상을 썼다.

"난 아냐."

"나도."

"저도 아니에요."

남궁산도 재빨리 따라붙었다.

"나, 난……."

"넌 맞아."

제갈휘의 말에 남궁산이 검의 손잡이를 잡았다.

지금이라도 한 번 뽑아서 휘둘러야 이 기나긴 괴롭힘의 연쇄를 끊을 수 있지 않을까?

딱 한칼만?

아, 그리고 보니…….

"저, 그리고……."

"뭐, 또?"

"할아버님이 같이 가시겠다는데."

"누구? 남궁장천 어르신?"

"으응."

매검이 인상을 확 썼다.

"야, 넌 예의도 바른 척하더니, 노인 학대 하는 취미 있냐?"

"하, 학대라니!"

억울한 남궁산이 항변했지만, 제갈휘도 같은 생각인 모양이었다.

"아서라. 그 양반 괜히 마제 앞에 데려다 놓으면 심장 멎을지도 모른다. 안 그래도 연세가 많으신데. 그래서 어떻게 했어? 잘 말렸겠지?"

"일단 수혈을 짚어두기는 했는데……. 돌아오면 날 잡아먹으려 하지 않으실까?"

"걱정할 것 없어. 아마 십중팔구는 못 돌아올 테니까."

"하기야, 그렇게 생각하니 마음이 좀 편하네."

유진천은 달을 올려다보았다.

뭔가 시큰하다.

홀로 남겨진 지 오 년.

이제 와 새삼 느껴진다.

이제 그는 혼자가 아니다.

이렇게 같이 죽어주겠다는 친구들이 생겼으니까.

"같이 가는 데 불만 없죠?"

위지화영의 말에 그러겠노라 대답하려는 순간, 방해자가 끼어들었다.

"난 불만 있는데?"

등 뒤에서 들려오는 목소리에 유진천은 다시금 한숨을 내쉬었다.

"이런 어중이떠중이들을 다 끌고 갈 셈인가? 방해만 되니 둘이 가는 게 낫겠어."

어느새 정문 앞을 막고 선 하후상을 보며 매검이 이를 갈았다.

"어중이떠중이?"

"아니라고 할 셈?"

"다른 쪽 팔도 잘라줄까?"

"할 수 있다면."

"큭큭큭."

분위기가 살벌해져 가자 위지화영이 나섰다.

"그, 그쪽도 혹이 붙어 있는 것 같은데요?"

마공자의 옆을 지키고 있는 봉연을 두고 하는 말이리라.

봉연의 눈이 살짝 찌푸려졌다.

"감히 어디……."

그때, 마공자가 손을 들어 봉연을 막았다.

"안 된다."

"마공자!"

"안 돼. 다른 사람은 괜찮은데, 저 여자한테만은 그러면 안
된다. 문제가 있어."

"무슨 말씀이신지?"

"나중에 설명해 주지. 하여튼 저 여자에게는 대들지 마라.
절대로."

"……알겠습니다."

"널 위해서야."

"영문을 모르겠습니다만……."

일단은 그리 시키시니까, 뒷말을 삼킨 봉연이었다.

"움직일 수 있나?"

불과 며칠 전 보았던 마공자는 삶과 죽음의 경계에 걸쳐 있었다.

아무리 회복이 되었다 해도 이리 움직일 지경은 아니어야 맞다.

"쌩쌩하지."

"정말 괜찮은 건가?"

"이거, 이상한 기분인데? 네가 걱정해 주는 걸 보니 뭔가 좀 간지럽고 이상하다."

하후상이 농으로 은근슬쩍 넘어가려 했지만, 유진천의 얼굴은 풀리지 않았다.

게다가 하후상의 곁에서 걱정스레 그를 바라보는 봉연의 모습만 보더라도 안심할 일은 아닌 듯했다.

"막을 텐가?"

유진천은 고개를 저었다.

하후패에게 원한을 온당히 받아내야 할 사람이 단 한 명 있다면, 그건 유진천이 아니라 하후상이다.

그런데 유진천이 어찌 하후상을 막겠는가.

게다가 하후상에게 유진천은 빚이 있다.

하후상은 그리 생각하지 않겠지만.

"막을 수 없겠지."

"알면 출발하지."

"그래."

가야지, 가야겠지.

그가 기다리고 있는 그곳으로.

유진천은 그를 둘러싸고 있는 이들을 한 번씩 바라보고는 걸음을 옮겼다.

조금은 천천히.

이게 마지막이라 해도, 그 마지막이 조금만 더 늦게 오기를.

그가 부릴 수 있는 마지막 사치였다.

"이상한 기분이군."

먼저 말을 꺼낸 것은 매검이었다.

"네 말에 동조하게 될 줄이야."

"그러게. 좀, 좀…… 기분이 이상해."

"동감이에요."

자기들끼리 쑥덕대는 일행을 보며 하후상은 냉소했다.

"겁나면 돌아가."

"아니! 그런 게 아니라!"

제갈휘는 뭘 어떻게 설명해야 할지를 고민하다가 전각을 가리켰다.

"제길, 우린 오 년 동안 저기서 살았단 말이다."

불망곡.

마제 하후패가 일천의 무인을 참살한 곳.

광기의 천인들이 하후패를 막아선 곳.

그리고 백무학관(白武學館)이 있는 곳.

유진천과 그들이 처음 만난 곳이기도 했다.

하후상이 고개를 갸웃했다.

"그런데 뭐?"

"마지막 싸움을 하러 가는 길인데, 그곳이 학관이니 기분이 이상하지!"

"이해 못하겠군."

"넌 소속감이란 것도 없냐?"

"글쎄? 따져 보면 마련은 내가 멸망시켰으니 할 말이 아니고, 가족들은 다 죽어서 딱히 소속이랄 게 없는데?"

"천하가 모두 마공자의 발아래 엎드릴 테니, 천하가 마공자의 소속이라 해도 되겠지요."

"음, 그래. 그렇구나, 연아."

제갈휘는 고개를 가로저었다.

저 인간이 저런 인간이 아니었던 것 같은데…….

일곱.

오괴와 하후상, 그리고 봉연은 학관을 향해 걸어갔다.

그곳에 하후패가 있을 것이다.

그리고 오늘, 바로 이곳에서 천하의 운명이 결정된다.

그는 그곳에 앉아 있었다.

학관 대연장의 한가운데 바닥에 앉아 있는 그를 보니 느낌이 이상했다.

마제 하후패라면 적어도 용상(龍床)에는 앉아야 하지 않을까?

그럼에도 그 모습이 자연스러워 보인다는 게 이상했다.

하지만……

정말 이상한 것은 그런 것이 아니었다.

위지화영은 그의 눈앞에 보이는 장년인을 뚫어져라 응시했다.

그가 마제 하후패라는 것은 잘 알고 있다.

알고 있다.

분명 알고 있다.

그럼에도 그녀는 몇 번이고 눈을 깜빡이며 그의 얼굴을 볼 수밖에 없었다.

그가 나이에 비해 너무 어려 보여서?

아니다. 그런 것이 아니다.

그녀뿐 아니라 유진천을 제외한 오괴 모두가 의혹과 당황이 어린 눈으로 하후패를 바라보고 있었다.

'안 돼.'

그래선 안 된다는 걸 안다.

그럼에도 위지화영은 참지 못하고 고개를 돌려 유진천을 보고야 말았다.

유진천의 얼굴은 여전히 변화가 없었다.

하지만……

그때, 하후패가 천천히 자리에서 일어났다.

태산이 움직이는 것 같은 압박감을 느낄 거라 생각했는데,

의외로 하후패에게선 어떠한 압박감도 느껴지지 않았다.

자리에서 일어나 흙먼지를 툭툭, 턴 하후패가 빙그레 웃으며 유진천에게 말을 건넸다.

"오랜만이구나."

"처음 보는군."

"너에게는 초면이구나. 나에게는 재회지만."

둘은 태연하게 대화를 나누었다.

하지만 그 광경을 지켜보는 이들은 비명을 지르고 싶었다.

이건 아니다.

이건 말도 안 된다.

그들 중엔 하후상과 유진천만이 태연한 기색을 유지하고 있었다.

"아무래도 좋다. 기다림은 너무도 길었다. 마침내 너는 나에게 왔구나."

하후패의 미소가 더 짙어졌다.

그 미소를 보는 위지화영은 휘청이는 몸을 다잡기 위해 애써야 했다.

'아니야.'

부정하고 싶다.

아니라고, 그럴 리 없다고 소리치고 싶다.

하지만 그럴 수가 없었다.

"내 생각 이상으로 훌륭하게 성장했구나. 그리고 이제는 나를 위협할 정도로군."

그만두라고 소리치고 싶었다.

더 이상 말하지 말라고 외치고 싶었다.

하지만 확인하고 싶다는 바람 역시 그녀의 마음 한편에 분명 존재했다.

"과연 내 아들이다."

뿌듯함마저 어려 있는 목소리였다.

그 목소리는 나직하지만 확실하게 모두의 귀로 파고들었고, 당사자인 유진천은 그저 담담히 대꾸했다.

"그런 식으로 부르라고 허락한 적은 없어."

그는 부정하지 않았다.

이십오 년의 시간이 흘러…….

그들은 다시 만났다.

82장
희생(犧牲)

잘못 들은 게 아닌가 하고 의심할 여지도 없었다.

이미 말을 듣기 전부터 어느 정도 납득하고 있었으니까.

처음 하후패의 얼굴을 보았을 때부터 의혹을 떨쳐 낼 수가 없었다.

유진천이 이대로 나이를 먹어간다면 저런 얼굴이 될 것이다.

항상 유진천과 함께 행동했던 그들은 알 수 있었다.

"아비가 아들을 부르는데도 허락을 맡아야 한다는 건가?"

"잘도 지껄이는군."

유진천의 목소리는 낮게 가라앉아 있었다.

그의 말은 빠르지 않았고, 적당한 속도로 낮고 고요하게 울려 퍼졌다.

그렇기에 위지화영은 실감할 수 있었다.

이 사람이 얼마나 분노하고 있는지.

얼마나 큰 충동을 억누르고 있는지.

금방이라도 터질 것 같은 화산을 지켜보고 있는 기분이었다.

"아……들?"

남궁산의 의문 어린 목소리가 들려왔다.

하후상이 심드렁하게 말했다.

"새삼스러울 것도 없지."

남궁산이 일그러진 얼굴로 하후상을 노려보았다.

"너희는 이 녀석에게 펼쳐진 대법이 얼마나 고통스러운 것인지 알고 있을 텐데?"

"그래, 안다."

"대법을 위해서는 그런 고통 속에서 버틸 수 있는 육체와 그런 고통에도 무너지지 않을 불굴의 정신을 가진 아이가 필요하다."

"……."

"천하를 뒤져서 찾을 수 있다면 좋겠지만, 그게 가능할 리 없지. 뱃속에서부터 온갖 영약을 처바르고 온갖 대법을 받아야 하니 말이야. 뱃속에 있는 아이의 재능을 확인할 도리가 없으니 방법은 하나뿐이지. 천하에서 가장 강인한 육체와 정신을 가진 남자와 천하에서 가장 뛰어난 재능을 가진 여자가 아이를 만드는 것이지."

천하에서 가장 강인한 육체와 정신을 가진 남자.

위지화영은 납득했다.

납득할 수밖에 없었다.

하후패 외에 누가 있단 말인가.

홀로 천하를 멸절시킬 만한 힘을 가진 자를 두고 어디에서 그 이상의 남성을 찾을 수 있다는 말인가.

떨리는 그녀의 손이 유진천의 손을 찾았다.

조금 차갑게 식은 듯한 그의 손을 꽉 움켜잡자 유진천은 가볍게 고개를 저었다.

"별것 아냐."

"······하지만."

"말 그대로다. 새삼스러울 것도 없지."

대법에 대한 모든 준비가 끝나갈 무렵.

유문혁은 한 가지 문제에 직면했다.

하나는 이 대법을 과연 시술 받는 아이가 버틸 수 있을 것인가 하는 문제.

육체에 대한 부담으로 죽을 일은 없도록 했으나 과연 갈수록 커져 가는 고통을 버텨낼 수 있을 것인가.

그전에 정신이 붕괴해 버리지는 않을까?

광천의 역사에서 가장 뛰어난 재능을 타고났다고 할 수 있는 그의 아들도 온전히 버텨낼 수 있다고 자신할 수 없는 문제였다.

게다가 대법을 위해 목숨을 바쳐야 할 이들도 유상에게 대법을 펼치는 것을 꺼려하고 있었다.

그 모든 문제를 해결하려면 한 가지가 꼭 필요했다.

완벽한 육체와 완벽한 정신력을 지니고 태어나는 아이.

최선의 방법은 절망스러웠다.

그렇게까지 할 필요가 있을까 하는 고뇌를 안을 수밖에 없었다.

고민과 고민을 거듭하던 유문혁은 결론을 내렸다.

하후패를 막아야 한다.

아니, 하후패를 죽여야 한다.

그의 손에 아직 생생하게 남아 있는 감촉.

동생의 심장에 손을 쑤셔 박고, 누이의 목을 갈라야 했던 그때의 기억이 그를 멈출 수 없게 했다.

뭘 망설인단 말인가.

더 더러워질 것이 남았나?

아니면 여기까지 와서 깨끗한 척하겠다는 것인가?

하후패는 마귀다.

하지만 자신들 역시 마귀다.

마귀와 마귀가 서로 물어뜯는 데 도의 같은 것은 무의미하다.

그가 아는 가장 완벽한 남성은 하후패.

그리고 그가 아는 가장 완벽한 여성은 조약란(趙若蘭).

바로 그의 아내였다.

당연하다.

그녀는 애초에 대법에 사용될 아이를 만들어내기 위해 광천이 천하를 헤집어 찾아낸 여성이었으니까.

다만, 태어난 아이가 대법을 완벽히 받아들일 육체를 타고나지 못했을 뿐이다.

모자라다면 채워야 한다.

그녀는 완벽하다.

모자란 자가 있다면 유문혁일 터.

그럼 방법은 하나.

씨를 바꾸는 것뿐이다.

그날, 유문혁은 자신의 발로 하후패를 찾아갔다.

"그녀는?"

하후패의 물음은 의외였다.

그의 기억 속에 그녀가 조금이라도 남아 있었던 것일까?

"죽었다."

"그녀의 무덤을 보았다. 죽음은 알고 있다."

"그런데?"

"내가 이해할 수 없는 것은, 그녀가 왜 그곳에 남아 있었냐는 것이다. 네가 태어나면서 그녀의 역할은 끝났을 터. 대법에 참여할 필요가 없던 그녀가 왜 그곳에 남아 죽어갔는지 알 수가 없군."

알 수 없겠지.

네놈은 죽을 때까지 알 수 없을 것이다.

인간의 마음을 결코 이해할 수 없을 테니까.

정말 우스운 건…….

유진천도 다르지 않다는 거다.

그 역시 그녀의 마음을 이해할 수 없었다.

"그게 중요한가? 그녀가 떠나지 않았다는 게?"

"아니. 이해하지 못하고 있구나."

"……."

"내가 가진 의문은 그게 아니란다. 나는 인간을 이해하지 못한다. 그렇기에 상과 벌을 명확하게 나누지. 나에게 너를 보내겠다 약속한 대신 광천과 천하에게 백 년의 시간을 주었고, 언젠가 내 앞에 설 것이라 믿었기에 유상을 보호해 주었다."

"흥."

하후상이 마음에 안 든다는 듯 코웃음 쳤다.

하지만 부정하지는 않았다.

일곱 살짜리 꼬맹이가 마련의 련주가 되었음에도 살아남을 수 있던 것은 하후패의 입김이 있었기 때문이다.

"그리고 그녀는 너를 낳았지. 어찌 보면 가장 중요한 일을 했다. 그래서 나는 뱃속에 너를 품은 채 약물과 대법을 받느라 죽어가던 그녀에게 힘을 주었다. 그런데 왜?"

하후패는 고개를 내저었다.

"알 수가 없군, 알 수가 없어. 나 역시 인간이건만, 인간이란 도무지 예측을 할 수 없는 존재로군."

유진천은 웃었다.

인간이라…….

하후패가?

그럴 리가 있나.

"넌 그저 마귀일 뿐이야."

그리고 그의 피를 받아 태어난 유진천도 마귀일 뿐이다.

"마귀와 마귀가 서로 죽이고 죽이는 것뿐."

마귀다.

하후패도, 유진천도.

조약란에게 있어서 마귀는 누구였을까?

그녀를 하후패에게 넘겨 아이를 낳게 한 유문혁?

아니면 그 모든 것은 흔쾌히 받아들여 그녀를 강간한 하후패?

그것도 아니면…….

평생 이해하지 못할 것이라 생각했다.

부모임에도 언제나 적의와 냉기, 때로는 살심마저 느껴지는 그녀의 태도는 유진천에게 있어서 결코 이해할 수 있는 성질의 것이 아니었다.

그러나 그의 아비가 누구인지 알게 된 날.

유진천은 그녀를 이해할 수 있었다.

자신의 배로 낳은 자식의 얼굴에서 가장 증오하는 악마의 얼굴을 보아야 하는 어미의 심정은 어땠을까?

증오하고 또 증오하지만, 차마 놓아버릴 수는 없었을 것이다.

자식이니까.

그렇게 그녀는 그의 주변을 맴돌았다.

먼저 다가가지는 않고, 다가오는 것을 허용하지도 않으며, 그저 맴돌았다.

가까이서는 볼 수 없기에, 그저 멀리서…….

이십 년에 가까운 시간 동안…….

차마 끌어안을 수도 없고, 내칠 수도 없는 그녀의 아이를 바라보고 또 바라보았다.

마지막 그 순간까지도 그녀는 혼란스러워했다.

내 아이.

그녀는 그의 목을 졸랐다.

그녀는 그의 뺨을 쓰다듬었다.

그녀는 그를 증오했다.

그녀는 그를 사랑했다.

"큭큭큭큭."

유진천은 비틀린 웃음을 토해내었다.

"사람이 할 짓이 아니지. 사람이라면 할 짓이 아니야."

그렇기에…….

들을 수가 없었다.

제 스스로 인간이라 말하는 저 마귀의 미친 짓거리를 용납할 수가 없었다.

"너희 모두 마귀야."

"너희?"

"너도, 그리고 광천도. 다들 미친 마귀들이지."

그리고 그들 사이에서 만들어진 유진천도 그저 마귀일 뿐이다.

그러니 이곳에 섰다.

그에게는 채무가 없다.

광천은 그에게 복수를 요구할 권리가 없다.

유진천 역시 그들의 복수를 해줄 이유가 없다.

그들의 목숨에 얽힌 채무는 유진천이 아니라 하후상이 받아야 할 것이니까.

지금 유진천을 이 자리에 세운 것은 그저 원한.

증오.

광천에 대한 증오.

그의 부모에 대한 증오.

대법이 끝난 순간부터 그는 오로지 증오하고 또 증오하며 살아왔다.

무엇보다도…….

"하후패."

그의 아비에 대한 피 끓는 증오!

유진천 역시 마귀다.

증오만으로 이곳까지 온 이가 사람일 리 없다.

아비의 심장을 뜯어내기 위해 이곳까지 온 그 역시 마귀였다.

하후상이 이죽거렸다.

"감격적인 부자 상봉이군. 만나자마자 서로를 죽이려 하고 있으니 말이야."

"큭큭큭큭."

비꼴 것 없다.

당연한 것이니까.

마귀가 부모 자식이 있을 리가 있나.

그저 서로 죽이고 죽일 뿐이다.

하후패는 흥미롭다는 얼굴로 유진천을 바라보았다.

"내 아들아."

"그런 식으로 부르라 허락한 적 없다 했어."

"어떤가?"

하후패의 눈에 기이한 열망이 어렸다.

"너의 운명이, 너의 기구함이, 너의 슬픔이, 내게 닿을 힘을 주었더냐?"

유진천은 눈을 감았다.

떠오른다.

어린 시절부터 보아왔던 것이.

일백하고 여덟의 그를 바라보는 눈빛이.

"이해할 수 없던 것은……."

유진천의 목이 피 내음을 흘린다.

"나를 바라보던 그들의 눈에 어린 원한."

"원한?"

"이상하지, 이상했어. 이해할 수가 없었지. 분명 그들은 나를 희생시키고 있었는데, 입으로는 미안하다고 되뇌면서 누구도 나를 생각해서 그만두어야 한다 말하지 않았어."

하후상은 이를 악물었다.

이것이 그와 광천이 가진 원죄였다.

그가 유진천 이전에 하후패와 결판을 내고 싶었던 이유였다.

"내게 대법을 시전하고 죽어가는 이들이 마치 원한을 푼 듯 후련해하는 걸 이해할 수 없었어. 왜 내게 이러는 걸까? 아무리 원한이 깊다 해도 아무런 관련이 없는 나를 희생시킬 이유가 있는 걸까? 생각하고 생각해도 답이 나오지 않았어. 그래서 믿을 수 없었지. 누구도, 아무도."

위지화영의 볼을 타고 눈물이 흘러내렸다.

그의 말이 슬픈 게 아니다.

담담히 말하는 그의 모습이 그녀를 견딜 수 없게 했다.

"나중에야 알게 되었지. 그들의 눈에 어린 것이 원한이었다는 걸. 그들은 내게 복수를 하고 있었다는 걸 말이야."

미안하다.

미안할 일이면 시작도 말았어야 해.

해야 할 일이면 미안해하지 말아야지.

그들은 마귀를 만들어냈다.

세상에 홀로 남은 존재.

과거를 추억하지 않으면 살아갈 수 없는 존재.

증오에 몸을 맡겨 여기까지 흘러왔다.

그러니…….

이젠 끝내야 한다.

이 지독한 인연을, 이 지독한 삶을.

"닿을 힘을 주었냐고?"

유진천의 얼굴이 뒤틀렸다.

우는 듯 웃는 눈, 말려 올라간 입 끝.

입술 사이로 드러난 이는 짐승의 그것처럼 날카로웠다.

"확인해 보면 알겠지."

하후패와 유진천의 눈이 마주쳤다.

"네 몸으로 말이야, 아버지."

"후후후후."

하후패가 기분이 좋아 어찌할 바 몰라 하는 사람처럼 고개를 크게 주억거렸다.

"그래, 확인해 보면 알겠지."

유진천은 눈앞의 사내를 가만히 바라보았다.

닮은 얼굴.

그도 알고 있었다.

저 분위기와 저 얼굴만으로도 부정하고 또 부정하고 싶은 현실을 인정해야 한다는 것을.

꼭 닮았을 것이다.

겉을 보면 누구라도 인정할 만큼.

그럼 내면은 어떨까?

저 저주 받을 마귀의 피가 흐르는 유진천의 내면은 저 마귀와 다를까?

'다르지 않겠지.'

그에게 하후패라는 대적자가 있지 않았다면 어찌 될지 몰랐을 것이다.

아마 유진천이 제이의 하후패가 되었을지도.

"부자 상봉은 끝났나?"

하후상이 어깨를 으쓱했다.

"좀처럼 끼어들 수가 없었어."

짝!

제갈휘가 손벽을 쳤다.

"확실히 끼어들기도 힘든데, 너무 말도 많아. 별로 중요하지도 않은 이야기를 가지고 말이야."

"중요하지 않아?"

남궁산의 물음에 제갈휘는 단호히 답했다.

"그래, 중요하지 않아. 부모가 누구든 뭔 상관이야? 어차피 지금 이 순간까지 저놈의 부모가 누구인지 신경이나 썼나? 이름이나 알아?"

매검이 주억거렸다.

"모르지, 몰라."

위지화영도 동의했다.

"아무 상관 없어요."

남궁산은 생각이 달랐다.

"하지만…… 다른 사람도 그렇게 생각할까?"

그리고 언제나처럼 제갈휘의 해결책은 간결했다.

"우리만 입 다물면 그만이지."

"음……."

"알고 있는 이는 우리와 저 둘뿐이야. 저 둘은 입이 그리 싼 것 같지 않으니까. 지금까지 잘 숨기고 있었잖아?"

제갈휘의 눈이 하후패에게로 향했다.

"남은 입은 하나뿐이지."

"그 입은 곧 말을 하지 못하게 될 거야."

위지화영은 단호했다.

"중요한 건 싸워 이기는 거죠. 나머지는 사소한 문제예요."

그녀의 아버지가 유진천의 아버지에게 죽었다는 것을 알고 있음에도 그녀는 조금도 흔들리지 않았다.

되레 그녀는 지금 유진천이 겪고 있을 깊은 분노와 증오를 걱정했다.

유진천도 하후패의 자식으로 태어나고 싶었던 것은 아닐 테니까.

"말은 쉽게 하는군."

하후상이 이죽거렸다.

"모른다는 것은 좋은 일이지. 신경 쓸 것도 없고, 신경 쓰이지도 않을 테니까. 모든 것이 벌어진 뒤에, 그때도 너희가 지금처럼 태연할 수 있을까?"

그의 목소리에는 알 수 없는 분노가 어려 있었다.

그리고 미약한 자책.

"무슨 소리지?"

하후상은 제갈휘의 말을 무시했다.

그러고는 유진천을 바라보았다.

"알고 있겠지?"

"그래."

유진천은 하후상을 돌아보지도 않고 대답했다.

"개 같은 일이라는 건 알아. 하지만 도리가 없다."

"알고 있어."

"걱정하지 마."

"……?"

"혼자 보내지는 않을 테니까."

"크크크크."

유진천은 유쾌하다는 듯 웃었다.

"가망이 없는 건가?"

"죽어도 이상하지 않은 상황에서 여기까지 끌어 올렸는데, 뭐가 남겠어?"

"별로 아쉬워하지 않는 것 같은데?"

"혼자는 안 죽잖아."

"딱히 같이 죽고 싶은 생각은 없는데?"

"나도 마찬가지야."

"큭큭큭큭."

유쾌하다.

더없이 유쾌했다.

이 긴 기다림이 끝났다는 것.

그를 이해해 주는 친구가 있다는 것.

함께 죽어주겠다는 형제가 있다는 것.

그리고 그 모든 것에 우선하여······.

유진천의 눈이 광기로 물들어갔다.

"하후패."

이십 년이 넘도록, 아득할 만큼 쌓고 또 쌓아온 이 증오를 풀 상대가 눈앞에 있다는 것이 참을 수 없을 정도로 유쾌했다.

너무도 유쾌해서 전신이 들썩거릴 만큼.

가족이라 생각했던 자들이 하나씩 눈앞에서 죽어갔다.

그에게 복수를 부탁한다며!

그 간절함과 슬픔 사이에 미약한 동정과 안타까움을 품고, 그 미약한 동정과 안타까움 뒤로 통렬한 복수의 쾌감을 필사적으로 감추며!

하나!

또 하나!

또 하나!

그 수가 쌓이고 쌓여 일백하고도 일곱이 될 때까지··· 죽고, 또 죽고, 또 죽고, 또 죽었다!

"마제!"

남궁산이 검을 뽑아 들었다.

그리고 유진천의 앞에 섰다.

그가 알든 알지 못하든 상관없다.

유진천을 만났을 때부터 꾸어왔던 꿈.

언젠가 그의 앞에 서서 그의 검이 되겠다는 그 꿈이 이루어
지는 시간이었다.

"좋은 자리를 뺏겼군."

"그러게."

제갈휘와 매검이 유진천의 좌우에 섰다.

반쯤 이성을 잃고 하후패를 노려보는 유진천이 언제 뛰쳐나
가도 호응할 수 있도록 전신을 긴장시킨 채!

위지화영은 유진천의 뒤에 섰다.

그를 받쳐 줄 수 있도록.

"연아."

"예, 마공자."

"마지막이다."

"그렇습니다."

"거리끼는 것은 없느냐?"

하후상의 물음에 봉연은 빙긋 웃었다.

그가 묻고 있는 것이 뭔지 알기 때문이었다.

비록 하후패가 그녀의 부모를 죽였다고는 하나 그녀에게 하
후패의 피가 이어지고 있다는 것은 명백한 사실이었다.

"그런 건 아무 상관 없습니다."

"그래, 그럼 이제 끝내러 가자꾸나."

"예, 마공자."

아쉬운 것은 이대로 죽는다면 하고 싶은 말을 다 하지 못했다는 것뿐.

하후패의 좌측에는 봉연이 섰고, 우측에는 하후상이 섰다.

전신의 기운을 모조리 끌어 올린 채 기다린다.

그가 움직이는 그 순간을.

하후패와 유진천은 서로 눈을 마주한 채 움직이지 않았다.

유진천은 들끓어 오르는 심장을 진정시키고 최선의 일격을 위해 기다리고 있었고, 하후패는 유진천에게서 흘러넘치는 증오와 살기에 감탄하는 중이었다.

그것은 마치 극상의 재료로 이십오 년간 숙성시킨 미주(美酒) 같았다.

움직인다.

"하후패에에에에에!"

유진천의 육신이 섬광이 되어 하후패를 향해 달려들었다.

그와 동시에 남궁산의 유진천의 앞을 지키고, 매검과 제갈휘가 좌우를 지켰다.

위지화영은 필사적으로 유진천의 등을 따랐다.

증오한다.

증오한다.

하후패를!

광천을!

이 빌어먹을 운명을 증오하고 또 증오한다!

정신을 앗아버릴 것같이 격렬하게 타오르는 증오가 유진천에게서 터져 나왔다.

하후패는 보았다.

유진천을.

그에게서 흘러나오는 원한과 증오의 불길을.

우습게도 그 모습을 보고 있자니 떠오르는 감탄은 하나뿐이었다.

"아름답군."

하후패는 감탄하며 양팔을 들어 올렸다.

그야말로 잡티 하나 없는, 순수한 증오.

원한과 증오의 불길에 몸을 살라 버린 인간이 어디까지 강해질 수 있는지!

그는 볼 것이다.

"오너라!"

하후패의 양손이 중앙으로 모였다.

우우우우웅!

남궁산은 검의 손잡이를 꽉 움켜잡았다.

그렇지 않으면 금방이라도 검을 놓쳐 버릴 것만 같았다.

아니, 검을 던져 버리고 달아날 것만 같았다.

하후패의 가슴 앞에 뭉쳐 회전하는 검은 마기에 남궁산이, 대지가, 대기가, 온 세상이 떨고 있었다.

저 기운이 뻗어 오면 대체 무슨 일이 벌어지는 걸까?

아마 남궁산의 사고를 넘어선 일일 것이다.

하지만 물러서지 않는다.

흔들리는 정신을 혀를 깨물어 일깨우고, 자꾸만 더뎌지려 하는 다리를 내리쳐 뻗게 했다.

남궁의 이름도…….

그의 검에 깃든 가문의 의지도…….

필요 없다.

지금 그따위 것들은 아무래도 좋았다.

그는 지금 검이자 방패.

가장 앞에서 유진천을 지키는 검이었다!

항상 주춤했다.

항상 머뭇댔다.

말로는 언제나 유진천을 위해 대신 죽을 수 있다고 하면서 막상 그래야 할 땐 그러지 못했다.

이게 그에게 주어진 마지막 기회였다.

그는 남궁산!

유진천의 검이다!

하후패의 가슴에 모인 기운.

마기도, 선기도 아닌, 정의할 수 없는 무언가가 뻗어져 온다.

일격!

하후패를 이길 수는 없다.

하후패를 막을 수도 없다.

그건 그에게 주어진 사명이 아니다.

그가 해야 할 건 단 하나!

"우오오오오오오!"

목에서 그의 목소리가 아닌 것 같은 거친 괴성이 토해져 나왔다.

단 일격!

그것만 막으면 된다.

남궁산의 검이 푸르게, 다시 희게!

그걸 넘어 다시 투명하게 빛났다.

의식과 무의식의 경계가 허물어지고, 검과 그의 경계가 허물어졌다.

철검십이식(鐵劍十二式).

창궁무애검(蒼穹无涯劍).

제왕검형(帝王劍形).

그 모든 것의 경계가 사라지고, 그로서도 그가 무엇을 펼치고 있는지 알 수 없게 되었다.

검에 맺힌 투명한 검강이 뭉쳐 검환(劍丸)이 되고, 수십 개의 검환이 다시금 뭉쳐 하나의 검이 되었다.

"으아아아아아아!"

남궁산은 안다.

이 경지는 그가 다시는 밟지 못할 곳이다.

지금 이 순간이 유일한 순간이다!

남궁산의 검과 하후패의 기운이 충돌했다.

"크아아아아악!"

그를 초월하고 또 초월했음에도 하후패의 기운은 너무도 쉽게 그의 검을 뚫고 들어왔다.

아득할 정도의 경지.

하지만 물러설 수 없다.

이길 수 없다면 버틴다.

버틸 수 없다면 발목이라도 잡고 늘어진다.

"가라아아앗!"

하후패의 장력을 짓누르는 동안 유진천은 남궁산을 지나쳤다.

폭음.

아니, 정적?

너무도 거대한 폭음이 터지자 되레 아무것도 들리지 않았다.

모든 공간이 정적으로 물든 것만 같았다.

유진천은 돌아보지 않았다.

남궁산의 생사조차도 잊었다.

그가 해야 할 것은 단 하다.

닿는다.

저곳에 닿는다.

분노와 증오를 양분 삼아 뻗어 나가 마귀의 심장에 그 이빨을 박아 넣으리라!

하후패의 장력이 다시 뻗어져 나왔다.

"간다!"

"제기랄!"

매검과 제갈휘가 장력을 향해 몸을 던졌다

유진천은 지나쳤다.

한 번 더!

또다시 회색의 기운이 더 강하고, 더 빠르게 뿜어져 나왔다.

하후상은 쓴웃음을 머금었다.

며칠 전만 해도 그는 찔러 가는 검이었건만, 오늘은 방패 역할로 만족해야 할 듯싶었다.

방향을 틀어 유진천의 앞을 가로막았다.

"하압!"

유진천이 그의 머리 위를 스쳐 지나갔다.

하후상은 잠시 그 모습을 처연한 눈으로 바라보다가 이를 악물었다.

감상은 나중에.

저승에서도 얼마든지 할 수 있다.

닿는다.

닿는다.

유진천의 육체가 하후패에게 거의 닿고 있었다.

마지막 한 번!

봉연과 위지화영이 그 앞을 막아섰다.

이제 남은 것은 유진천과 하후패뿐!

하후패는 그 광경을 안타깝게 바라보았다.

무엇을 하려는 것인지는 알고 있다.

하지만 그것은 이미 하후상도 시도하다 실패한 것.

아무리 그에게 닿는다고는 하나 유진천 홀로 하후패를 감당할 수 없다면 아무런 의미가 없었다.

하지만 그렇다 해도…….

"즐거웠다."

너무도…….

몸이 저절로 떨릴 정도의 흥분을 맛볼 수 있었다.

저 선명한 증오와 칼날처럼 정제된 분노.

그의 길고 길었던 삶 안에서 단 한 번도 겪어보지 못한, 광포한 살의!

그야말로 환희였다.

즐거웠노라, 나의 아들아.

즐거웠노라, 광기의 천인들이여.

그대들은 나를 실망시키지 않았다.

내 백 년의 기다림은 가치가 있었느니라.

그 오랜 기다림에 보답은 해야겠지.

하후패는 경의를 담아 유진천을 맞아들였다.

유진천은 웃었다.

인간을 이해하지 못한다.

그 말은 틀리지 않았던 모양이다.

하후패는 잔악하다.

하후패는 냉정하며, 그 잔인함의 끝이 보이지 않는 마귀다.

그래서 알 수 없다.

인간이 얼마나 잔인한지.

인간이 얼마나 구역질나게 잔인해질 수 있는지!

원한에 사로잡힌 인간의 악의가 얼마나 끔찍해질 수 있는지 전혀 모르고 있다.

연다.

그의 육체에 박혀 있던 일백하고도 일곱 개의 기운.

하나하나가 천하를 호령할 수 있었던 절대고수의 기운.

혈도를 틀어막아 백회를 연다고?

웃기지도 않는 소리.

혈도를 틀어막아 절맥과도 같은 효과를 낸다고?

그저 개소리일 뿐이다.

모른다.

그 누구도 모른다.

수도 없이 말하고 설명했음에도 아무도 이해하지 못한다.

일백팔 명의 절정고수가 그에게 기운을 불어넣었다는 말이 무슨 뜻인지 아무도 이해하지 못하고 있었다.

심지어 그와 가장 가까운 친우들조차도!

유일한 이해자는 하후상뿐.

지금 그의 몸 안에 박혀 있는 기운의 양이 얼만지는 아는가.

삼백하고도 십육 갑자.

무려 일만하고도 삼천 년의 공력이 그의 육신 안에 들어 있다.

일백팔 명의 절정고수가 그들의 기운을 불어넣는다는 게 어떤 의미인지 아무도 모른다.

아무도 이해하지 못했다.

그게 무엇을 의미하는지.

인간의 육체로는 결코 가질 수 없는 공력을 밀어 넣기 위해 최상의 육체를 만들어내고, 그 기운에 지배당하지 않기 위해 정신을 혹사시키고 학대당해 왔다.

단 한순간!

이 한순간을 위해서!

초인을 만들어내겠다고?

그래, 초인이지.

그들의 집념과 원한과 증오를 온전히 전달해 낼 수 있는 자.

광천은 하후패를 속였고, 유진천은 천하를 속였다.

그는 광천의 후예가 아니다.

그는 초인이 아니다.

그는 그저 소모품.

단 한 번의 일격을 위해 목숨을 연명해 오던 소모품일 뿐이다.

"마제에에에에에!"

유진천의 혈도에 틀어박혀 있던 기운들이 그 봉인을 깨고 전신으로 치달렸다.

혈맥이 터지고 골격이 으스러졌다.

봉인을 푼 기운은 마치 거친 용처럼 그의 육신을 돌며 뭉쳤고, 그와 동시에 유진천의 육체를 장난감처럼 으스러뜨리기 시작했다.

그는 그저 소모품.

필요에 의해 만들어지고, 필요에 의해 태어났다.

목적을 위해 대법에 희생되었으며, 목표를 이루면 죽는 것뿐이다.

애초에 사람도 아니고, 마귀일 뿐이니까.

마귀 새끼 한 마리 죽는 것 따위…….

뭐가 문제란 말인가!

"으아아아아아아아!"

안구의 혈관이 터져 피를 뿜어낸다.

피눈물이 그의 얼굴을 적실 무렵, 새하얀 빛무리가 그의 안에서부터 터져 나오기 시작했다.

하후패는 그 광경에 압도당했다.

뭔가 이건?

이게 대체 뭔가?

그는 마기에 통달했으며, 자연지기마저 수족처럼 다루는 경지에 올랐다.

그런 그조차 단 한 번도 상상해 본 적 없는 미증류의 거력이 유진천의 몸에서 터져 나오고 있었다.

피한다?

피해야 한다?

내가?

이 마제 하후패가?

웃기지도 않는 소리!

"나는 하후패다!"

하후패의 전신에서 검은 마기가 뭉클뭉클 피어올랐다.

피하지 않는다.

그러니 먼저 부순다.

저 말도 안 되는 기운들이 그를 덮치기 전에 먼저…….

"우욱!"

그 순간, 하후패의 입에서 억눌린 신음이 튀어 나왔다.

'언제?'

등 뒤에서 날카로운 통증이 느껴졌다.

뒤라니!

대체 누가 있어서 그의 감각을 속이고 그의 뒤를 잡을 수 있다는 말인가.

여기에 또 다른 사람이 있다고?

유진천의 일행은 모두 피투성이가 되어 숨만 겨우 붙어 있다.

하후극의 아들은 바닥에 주저앉아 심호흡을 하고 있고, 하후극의 딸은 기절해서 의식이 없다.

그런데 누가?

이들 말고 이곳에 있는 자는…….

그의 고개가 천천히 뒤로 돌아갔다.

하나의 손.

작은 손이 그의 등판에 닿아 있었다.

그 손끝에는 시리도록 푸른빛을 내뿜는, 부러진 검날이 들려 있었다.

"공……비황."

만사존 공비황의 입에서 폭포수 같은 피가 흘러나온다.

일백 년을 기다려서 만들어낸 단 한 번의 틈.

그 틈으로 창천검을 찔러 넣었건만, 그 반탄력만으로 그의 오장육부는 모두 바스러져 버렸다.

"그랬다면 방법을 찾았어야지. 지금까지 하던 대로 스스로의 무를 갈고닦는 것으로 그분께 닿을 수 있다고 순진하게 믿었던가? 정말 그랬던가?"

그가 천검에게 했던 말.

"만……사존은 원……한을 잊지 않지……. 일백 년 전 네……게 죽어간 가……족들의 복수다……."

그는 만사존 공비황.

스스로 사해방을 일구고, 방도들을 형제라 부르던 자다.

모두가 그에게 사해방의 원한을 잊었느냐 욕했지만, 그는 잊지 않았다.

단 한 번도, 일백 년의 시간 동안 단 한 번도 잊지 않았다.

단 한순간, 이 시간을 위해서 백 년을 원수의 종으로 살며 버텨온 것이다.

절대적 무위를 가진 마제 하후패를 상대하기 위해서 무학을 단련하는 것은 아무런 의미가 없다. 천 년의 세월이 지난다 해도 그는 하후패의 경지에 오르지 못한다.

그 사실을 알고 있던 공비황은 모든 것을 버리고 마제의 휘하에 들어갔다. 마제의 무공 한 자락을 얻어 배우기 위해 바닥을 기고 또 기며 살아왔다.

바로 이 한순간을 위해서.

그에게 죽어간 이들의 영혼이 백 년 동안이나 그의 가슴 안에 살아 있었다. 그렇기에 원수의 발을 핥기를 주저하지 않았다.

그가 완전히 신뢰하고 존재마저 의식하지 않는 그 순간, 바로 그 한순간을 위해 공비황은 지금까지 살아온 것이다.

마지막 순간 그의 뜻을 알았기에 천검은 순순히 목을 내어주었다. 천검마저 공비황의 손에 죽는다면 마제의 의심이 조금 더 옅어질 테니까.

같은 목적을 가졌지만 서로 다른 길을 걸었던 시대의 영웅들은 마지막 순간까지 서로를 믿었던 것이다.

"으!"

공비황의 머리가 터져 나간다.

하지만 그걸로 충분했다.

마제의 등에 박혀든 천검의 검.

백 년 전 마제를 막아섰던 두 영웅의 외침은 지금 분명 하후패에게 닿았다.

"마제에에에에에에!"

유진천의 육체가 그대로 하후패를 덮쳤다.

하후패와 유진천의 시선이 마주쳤다.

유진천의 눈에는 더 이상의 원한도, 증오도 느껴지지 않았다.

남은 것은 그저……

슬픔.

그래도 사랑하고 있다고 믿었다.

그래도 사랑하기에 마제의 손에서 살아남으라 그를 초인으로 만들고 있다고… 마음 한구석에서는 그렇게 믿고 있었다.

하나 몸 안에 머문 기운들의 진정한 의미를 깨달았을 때.

그는 세상으로부터 버림받았다.

마귀의 피를 이은 마귀의 새끼.

그리고 또 다른 마귀들로부터 마귀의 목을 물어뜯으라 조련된 소모품.

"유진처어어어어언!"

하후상의 목소리가 들린다.

우는가?

꼴사납군.

저 고귀하신 마공자 하후상이 피눈물을 흘리며 그에게 손을 뻗고 있었다.

정말 꼴사나워.

하지만……

그래도 고마워, 형.

…울어줘서.

조금 늦게 따라오라고.

너무 일찍 오면 서로 어색하니까.

이래서 오지 말라고 한 건데.

어차피 결과는 같으니까.

유진천의 육체가 하후패의 몸으로 파고든다.

그의 친우들과 공비황이 만들어준 단 한 번의 틈!

유진천은 그 틈을 놓치지 않았다.

"우오오오오!"

휘돈다.

일만 삼천 년의 공력이 유진천의 몸에서 휘돈다. 스치는 것
은 모두 부서진다. 으스러진다. 파괴된다.

대법으로 틀어막아 두었던 공력들이 마지막 순간에 이르러
발출되며 지금까지 머물고 있던 육체를 부수어 나갔다.

고삐가 풀린 공력이 하후패의 육체로 파고들었다.

새하얀 빛으로 이루어진 용이 유진천의 몸을 떠나 하후패의
육신을 향해 날아들었다.

"큭."

하후패의 입에서 신음성이 튀어 나왔다.

저 정도의 힘이 압축되어 있다는 것은 하후패로서도 상상할
수 없는 일이었다.

그야말로 광기.

이제야 알 수 있었다.

그들은 초인을 만들어낸 것이 아니다.

그들이 만들어낸 것은 초인의 이름을 가장한 폭탄이었다.

그 스스로의 몸을 불살라서 하후패의 목을 따낼 단 한 번의 일격을 위해서 그들은 일백 명을 희생하고 일천 명의 죽음을 묵인했던 것이다.

바로 이 단 한순간을 위해!

"으아아!"

하후패의 입에서도 괴성이 터져 나왔다.

육신 안에 있는 모든 공력을 끌어모으고 주변에 존재하는 모든 자연지기를 일순 끌어모아 양손에 집결시켰다.

한순간에 십 년은 늙어버린 얼굴로 그를 향해 날아오는 공력의 용을 향해 양손을 뻗었다.

이 일격이라면 하나의 성(城)을 흔적도 없이 날려 버리는 것도 가능할 것이다.

하지만 그뿐이었다.

하나의 성을 날려 버릴 수 있는 힘도…….

이백 년이 넘도록 오르고 또 올라 이젠 그 스스로도 어디쯤인지 짐작할 수 없는 무학의 이치에 대한 이해도…….

수많은 세월 동안 얻었던 깨달음도…….

일천이백 명의 원한을 담은 광천의 용(龍)을 막아낼 수는 없었다.

하후패가 날린 장력은 용에게 닿는 순간, 대해(大海)에 던져

진 가랑비처럼 흔적도 없이 사라졌다.

하후패는 작은 탄식을 토했다.

'이 정도였던가?'

인간의 원한이란, 인간의 증오란 이리도 컸던가.

천하를 제 손에 넣고 뒤흔들었던 고금제일의 마인도 인간의
광기가 여기까지 올 것이라고는 상상하지 못했다.

통제를 잃은 공력의 용이 하후패의 육신을 부수고 또 갉아먹
었다.

하후패의 칠공에서 핏줄기가 뿜어져 나온다.

비할 바 없이 강대했던 초인의 육체가 으스러진다.

그것은 너무도 비현실적인 광경이었다.

"허허."

하후패는 어이없다는 듯 웃었다.

"허허허."

고개를 숙여 자신의 품에 안기듯 파고들어 있는 유진천을 보
며 하후패는 빙그레 미소 지었다.

"성공……했구나."

"그래."

하후패의 부들부들 떨리는 손이 유진천의 머리에 가 닿았다.

상상하지 못했다. 아니, 상상할 수 없었다.

이러한 방법이 있다는 것도, 이러한 방법을 버텨낼 수 있는
인간이 있다는 것도 상상할 수가 없었다.

얼마나 오랜 시간 동안 그 고통을 이겨내고 참아왔다는 것

인가.

오직 그 하나를 쓰러뜨리기 위해?

유진천의 육체는 이미 죽어 있다.

하후패를 쓰러뜨리기 위해 육신에 담았던 공력을 풀어놓는 대가로 그의 육체는 오히려 하후패보다 더 엉망으로 부서졌다.

단지 그 목적 하나를 위해 그는 살아왔다.

그 자신의 선택이 아닌 세상의 강요로.

그 길고 길었던 고통의 시간이 이제 끝난 것이다.

천천히 그의 머리를 쓸어내린다.

"처음이자……."

겉으로 보면 마치 아이가 아비의 품에 안겨 있는 것만 같았다.

"마지막으로……."

하후패의 몸이 천천히 부스러져 내렸다.

"안아보는군."

하후패의 육신이 가루가 되어 흩날린다.

천하를 공포로 몰아넣은 고금제일마의 죽음치고는 허무한 모습이었다.

"곧 지옥에서 만나게 될 거야."

유진천은 해맑게 말했다.

"아버지."

하후패의 마지막 표정은 미소 짓는 것만 같았다.

인간이되 인간을 몰랐던 자.

일백 년 동안 천하를 지배했던 고금제일마가 마침내 인간의 원한 앞에 쓰러졌다.

털썩.

지탱할 곳을 잃은 유진천이 바닥에 쓰러진다.

어둡다.

아무것도 보이지 않는다.

바닥이 차가운 모양이다, 자꾸 이렇게 한기가 드는 걸 보니.

아, 그렇구나.

이제 내 할 일은 다 끝났구나.

두렵지는 않다.

딱히 각오를 다잡을 필요도 없었다.

너무 오래전부터 준비해 온 일이니까.

"……천."

손끝에 뜨거운 것이 와 닿았다.

손.

손인가?

누구?

"유……진천!"

웃기다.

하필 이 자라니.

그의 마지막에 곁에 있는 자는 연인도, 친구도 아닌 하후상이었다.

아니, 그게 이상하지는 않다.

그는 유진천의 하나뿐인 형이니까.

비록 아비는 다를지라도.

울부짖을까?

아니면 화를 낼까?

"수고했다."

아니구나.

"걱정할 것 없어. 곧 따라갈 테니까. 외롭지는 않을 거야. 내가 같이 죽어주마, 동생아."

이상하게 웃음이 나왔다.

나는 그를 증오하면서도 그리워했다.

뒤바뀐 입장과 운명 때문에 온전히 증오하지도, 그리워하지도 못했지만……

그래도 한 번씩은……

이 세상에 나와 같은 처지에 처한 사람이 있다는 게……

그리고 그 사람이 내 형이라는 게……

위안이 됐다.

작게나마.

그도 그랬을까?

그도 나를 보며 위안을 얻었을까?

이 외롭고도 힘든 길을 멀리서나마 함께 걷는 이가 있다는 것에 안심했을까?

"쿨럭!"

마른기침 소리가 들려온다, 아주 멀리서.

하후상은 피거품을 토해내며 웃었다.

'이젠 한계군.'

환혼대법(還魂大法)으로 억지로 되살려낸 목숨이었다.

대법의 반동이 오면 다른 방법이 없다.

그저 죽음을 맞을 뿐.

때가 되었다면… 이젠 가야겠지.

그래도 외롭진 않을 거다.

"목숨 둘로 하후패를 잡았으면 싸게 먹힌 거지. 그렇지?"

그가 피에 젖은 이를 드러내고 웃었다.

"……그래도 아쉽군."

하후상이 의식을 잃고 쓰러져 있는 봉연을 바라보았다.

"차 한잔 마셨으면 좋았을 텐데……."

하후상의 말소리가 끊겼다.

의식을 잃은 걸까?

모르겠다.

아무런 생각이 나지 않는다.

그저 지금은 졸리다.

조금 자고 싶다.

이제 몸이 아프지 않다.

일부라고도 생각했던 고통이 사라졌다.

너무 편안하다.

깨어났을 때 위지화영이 있었으면 좋을 텐데.

화내고 짜증내겠지만, 걱정해 주겠지.

하지만 깨어나지 못하겠지.

행복하란 말을 전하지 못해서 미안하다.

그리고 또 미안하다.

마지막에 보고 싶은 사람이 네가 아니어서.

그리워.

한 번만 더 보고 싶어.

그게 꿈이라도 혹은 환상이라도…….

한 번만 더…….

어머니.

내 아이…….

어머니.

한 번만 더 보고 싶었어.

그래도 너는 내 아이인데…….

괜찮아.

이해하니까.

그래도 괜찮아.

그래도 마지막엔 안아줬으니까.
의식이 멀어진다.
천천히, 아주 천천히.
그는 잠에 빠져들었다.
깊은 잠에.
깨어나지 못할 잠에.

왜 이제야⋯⋯ 알았을까?

따뜻하다.
왜 이렇게 따뜻할까?
눈물이 흐른다.
이유 모를 눈물이 흐른다.

내 아이⋯⋯.

소리쳤었지.
그만두라고.
아아, 그래.
그때, 그때도 이렇게 따뜻했었지.
어머니.
지켜보고 계셨군요, 내 안에서.

❖　　　　❖　　　　❖

　"유진천!"

　유진천은 자신을 부르는 목소리에 눈을 떴다.

　그럴 리가 없는데도, 어디선가 많이 들었던 목소리 같다.

　"일어나란 말이야! 제발!"

　이윽고 그의 시야가 천천히 밝아져 온다.

　눈을 뜨니 눈물범벅이 되어 있는 위지화영의 얼굴이 보였다.

　위지화영은 눈물과 먼지, 피로 엉망이 된 얼굴로 더없이 환하게 웃었다.

　그와 그녀의 눈이 마주친다.

　이보다 더 좋은 인사는 없으리라.

　유진천은 자신의 몸을 내려다보았다.

　공력이 날뛰어 만신창이가 된 몸이 보인다.

　엉망이다. 죽지 않은 게 이상하다.

　하지만 정신을 잃기 전에는 분명 이보다 심했는데?

　"뭐야, 이건?"

　"마공자!"

　"내가 왜 살아난 거지?"

　봉연은 눈물을 흘리며 대답했다.

　"마공자시니까요."

　"넌 항상 정답만을 찾아내는구나."

　하후상이 힘겹게 유진천을 바라보았다.

"너냐?"

"……무슨 소리야?"

"네 손에서 엄청 따뜻한 기운이 느껴졌다. 네가 한 거냐?"

유진천은 눈을 감았다.

"그녀는 지금 죽어가고 있다."

"그리고 그녀는 너를 낳았지. 어찌 보면 가장 중요한 일을
했다. 그래서 나는 뱃속에 너를 품은 채 약물과 대법을 받느
라 죽어가던 그녀에게 힘을 주었다. 그런데 왜?"

유문혁과 하후패.

두 아비가 했던 말.

그리고……

"미안……."

알고 있었어.

대법이 무엇을 의미하는지.

그래서 내 곁을 떠나지 못했구나.

그 마지막 남은 것마저도 내게 주고 가려 그토록 고통 받으
면서도 나를 기다렸어.

"어머니……."

유진천의 몸이 떨려온다.

하후상은 그 말만으로 모든 것을 짐작했는지 입을 앙다물고 먼 하늘을 바라보았다.

함께 있었다, 지금까지도.

유진천이 알지 못했을 뿐.

적어도 그는 혼자가 아니었던 것이다.

위지화영이 유진천의 머리를 꽉 끌어안았다

"죽은 줄 알았잖아, 이 나쁜 놈아."

아니, 지금도 혼자는 아니다.

이제 더 이상 그는 혼자가 아니었다.

저벅저벅.

굳은 발걸음 소리가 들린다.

스르릉.

검이 뽑혀져 나오는 소리.

유진천은 움직이지 않는 고개를 돌려 소리가 나는 곳을 바라보았다.

처음 보는 표정을 한 남궁산이 검을 뽑아 들고 천천히 그들에게로 다가오고 있었다.

"쿨럭, 쿨럭… 뭐하는 거야?"

"……왜 그래?"

남궁산은 그의 친우들을 가만히 바라보다가 한숨을 내쉬었다.

"마공자."

본능적으로 하후상의 앞을 막고 있던 봉연이 이를 드러냈다.

"그대가 저지른 죗값을 받아 가겠소."

하후상은 씁쓸히 웃었다.

지금 그는 저항할 수 없다.

아니, 그뿐 아니라 이곳에서 그나마 부상이 제일 적은 사람이 남궁산이었다.

적어도 지금은 누구도 그를 막을 수가 없었다.

"편하실 대로."

이유가 있다고는 하나 수도 없는 사람들을 죽이고 수도 없는 이들을 죽게 만들었다.

반성하고 후회한다거나 사죄하는 것은 아니다.

그저 죽음이 온다면 받아들일 뿐.

"너 왜 그래? 그래도 같이 싸웠잖아. 움직이지도 못하는 사람을 베어야겠어?"

"그래. 지금은 아니지, 적어도."

제갈휘와 매검이 만류했지만, 남궁산은 고개를 저었다.

"안 돼."

"뭐가 안 된다는 거야?"

남궁산은 단호히 말했다.

"난 하후상의 목이 필요해."

"……너."

매검은 언젠가 제갈휘가 했던 말을 기억해 냈다.

남궁산이 독심까지 갖춘다면 정천맹주가 되어도 이상하지 않을 것이라 했던가.

"갖춘 모양이군, 그 독심."

하후상의 목을 베어 돌아간다면 그전과는 확실할 것이다.

제갈휘도 눈살을 찌푸렸다.

"여기서 네가 하후상의 목을 벤다면 우린 친구로 남아 있을 수가 없어. 난 네가 그리 파렴치한 놈이라고 생각하지 않아. 나중에 다시 싸우더라도 지금은 아니야."

"상관없어."

"너!"

"파렴치하다고 욕하려면 해. 마음대로 하라고. 나는 해야 하니까."

단호했다.

이런 남궁산의 모습은 처음 보는 것 같았다.

남궁산은 두말 없이 검을 든 채 하후상에게로 걸어갔다.

봉연은 하후상의 앞을 막아선 채 비수를 들어 올렸고, 하후상은 그런 그녀의 팔을 잡았다.

그녀까지 다치게 하고 싶지 않았다.

"물러서라, 봉연아."

"안 됩니다."

"물러서."

"싫습니다."

"명령이다."

"싫어!"

봉연은 처음으로 하후상의 명을 거부했다.

하지만 남궁산은 그녀를 봐줄 생각이 전혀 없었다.

"비키지 않으면 둘 다 베겠다."

"해보시든지."

"⋯⋯후회하지 마라."

남궁산의 검이 허공을 격하려는 순간.

"그만둬!"

유진천의 외침이 그를 막아섰다.

"진천아!"

"안 돼."

남궁산의 눈이 단호해졌다.

"아무리 네가 막는다고 해도 나는 해야겠어. 차라리 날 욕하고 원망해."

다시 그의 검이 들어 올려졌다.

허공을 가르며 봉연의 방어를 절묘하게 비껴 친 검이 하후상의 목을 향해 날아들었다.

"내 형이야."

그 순간, 검이 멈추어 섰다.

주륵.

하후상의 피부가 예기에 베여 피를 흘리고 있었다.

"형제라고⋯⋯."

남궁산의 검이 힘없이 아래로 떨어졌다.

"너처럼."

남궁산의 눈이 떨린다.

검수(劍手)답지 않게 흔들리는 검끝이 그의 마음을 보여주는 듯했다.

남궁산의 목소리도 떨려 나온다.

"강호는 이제 너의 존재를 용납하지 않을 거라고 했어."

"……그렇겠지."

"하후패를 죽인다는 건 그 이상의 존재가 된다는 거니까. 지금은 환대해도 곧 무슨 수를 써서라도 죽이려 들 거라 했어."

"알고 있어."

남궁산은 이를 악물었다.

"그러니 내가 높은 곳으로 가지 않으면 널 지킬 수가 없어. 그러기 위해서는 저 작자의 목이 필요해. 그럼 나는 뭐든 될 수 있을 테니까!"

"하지만 내 형제야."

"그래, 그렇겠지."

형제를 베어 목숨을 연명할 수는 없지. 그건 유진천이 아니니까.

남궁산은 배어 나오는 눈물을 훔쳐 내었다.

"걱정할 것 없어."

유진천은 담담히 말했다.

"어차피 내가 먼저 떠날 테니까."

"떠난다고?"

"그래, 떠날 거야. 이젠 지긋지긋해."

유진천은 하늘을 바라보았다.

잿빛으로 물든 하늘도.

불어오는 바람에 섞여드는 피비린내도.

물기 젖은 칼에서 풍겨오는 쇠 내음도.

이젠 지긋지긋했다.

"끝났으니까."

저 멀리 다가오는 이들이 보였다.

남궁장천을 위시한 정천맹의 무인들이 눈물을 뿌리며 그들에게로 달려오고 있었다.

세상을 파멸로 몰고 가던 하후패는 결국 불망곡에 영원히 잠들었고……

시간은 속절없이 흘러갔다.

종장

대담(對談)

"조카?"

"삼촌?"

유진천과 봉연이 믿을 수 없다는 얼굴로 서로를 바라보았다.

하후상은 왜 모르느냐는 투로 둘을 나무랐다.

"그야 따져 보면 너와 내 아버지는 형제니까."

"아버지?"

"하후극."

"음……."

유진천은 하후패의 자식이니 하후극과는 형제라고 할 수 있었다.

그리고 봉연은 하후극의 자식이니 유진천과는 조카 삼촌 사이가 맞다.

"하후극이 아버지라고?"

"그렇지."

"그럼 어머니는?"

"어머니는 어머니지."

"그럼 나는 너에게 동생이자 삼촌이 되는 건가?"

"따져 보자면 그렇지."

유진천은 자신도 모르게 얼굴을 감싸 쥐고 고뇌했다.

족보가 꼬이는 것도 정도가 있었다.

"아앗!"

위지화영이 봉연을 가리키며 소리쳤다!

"그럼 내 조카도 되는 거네!"

"으……."

"숙모라고 불러보렴! 어서!"

"으!"

봉연은 몸을 부르르 떨었다.

그녀보다 어린 숙모라니, 인정할까 보냐!

'그래서 그때 절대로 대들지 말라고 했구나.'

만약 그때 말이라도 함부로 했다면 패륜을 저지르는 꼴이 되었겠지.

"아, 아직 누가 윗사람이 될지는 모르는 겁니다."

"뭔 소리야! 내가 숙몬데!"

봉연의 하후상의 소맷자락을 붙잡았다.

"이분이 저분의 형님이기도 하니까요!"

"응?"

위지화영이 하후상과 유진천을 번갈아 바라보더니 머리를 움켜잡았다.

"뭐가 어찌 돌아가는 거지, 이게?"

유진천은 혼자서 바닥을 보며 족보가 어쩌니를 계속 중얼대고 있었다.

한참을 고심하던 그가 고개를 들더니 선언했다.

"포기하자."

"뭘?"

"이건 정리가 안 된다."

"별 싱거운 놈 같으니."

위지화영이 발끈했다.

"놈이라뇨! 삼촌한테!"

"삼촌이라니! 형님이라니까!"

유진천은 허탈하게 웃었다.

이 관계를 정리하는 것은 불가능한 일이다.

차라리 그냥 두루뭉술하게 넘겨 버리는 것이 최선이다.

"이제 어쩔 거지?"

"글쎄, 어쩔까? 마련은 무너졌고, 딱히 강호에 미련이 있는 것도 아니고 하니… 갈 곳이야 한 군데밖에 없지."

"그런가?"

마공자가 머리를 벅벅, 긁었다.

"어쩌겠어, 그래도 핏줄인데. 살다가 못 참아서 뛰쳐나오는 한이 있더라도 가봐야지. 내가 마지막이니까."

"그래."

"너는 어쩔 셈이야?"

"모르겠어."

"모른다고?"

"살아 돌아갈 수 있을 거라고 생각해 본 적이 없거든. 그래서 뭘 해야 할지 고민해 본 적도 없어."

"확실히 그렇겠군."

"아직도 실감이 안 나. 살아 있다는 것도, 모든 것이 끝났다는 것도."

"곧 실감하게 될 거야."

"그렇겠지."

"강호에 머무를 생각인가?"

머무른다고 해서 딱히 나쁠 것은 없겠지만, 목적을 이뤘는데 굳이 강호에 있을 필요도 없었다.

그는 강호인이라기보다는 하후패를 상대하기 위한 병기에 가까웠으니까.

게다가 남궁산도 말했듯이 이 강호는 더 이상 유진천의 존재를 용납하지 않을 것이다. 모든 것이 무너져 빈껍데기만 남아 있는 유진천이건만, 그래도 그들은 유진천의 존재를 위협으로 받아들일 테니까.

"하기야."

묻은 하후상이 대답도 기다리지 않고 결론을 내렸다.

"네 의견이 뭔 의미가 있겠냐. 제수씨가 결정하시겠지."

"제수씨?"

위지화영이 눈을 가늘게 뜨고 바라보자 하후상이 떨떠름한 얼굴로 대답했다.

"수, 숙모님."

유진천이 짜증을 내었다.

"양부는 없는 걸로 하자. 그냥 형해, 형!"

"그래, 그게 낫겠다."

봉연이 신나서 말했다.

"그럼 절 형수님이라고 하셔야겠네요."

"연아, 너와 저 녀석은 핏줄로 이어져 있다니까. 진짜 삼촌이야. 피가 이어진 삼촌더러 형수님이라고 부르라니!"

하지만 생각해 보면 피가 이어진 형제인 것도 맞지 않나?

하후상은 이 꼬일 대로 꼬여 버린 관계를 정리하려 고심했다.

비슷한 생각을 하던 유진천 고개를 절레절레 저어버렸다.

정리가 될 리가 없지.

하후상은 유진천의 제안대로 깔끔하게 정리를 포기했다.

"아무래도 좋다. 그럼 삼촌이자 동생분, 그리고 숙모이자 제수씨."

"음……."

"예."

하후상은 빙그레 웃으며 손을 흔들었다.

"저야 쌓아놓은 원한이 워낙 많으니 이만 도망가겠습니다.

심심하시면 놀러 오세요. 우리 연이가 차를 잘 끓이거든요."

"기대할게요."

"그럼."

하후상은 미련도 없다는 듯 봉연과 함께 걸어 나갔다.

멀어지는 그들을 보며 유진천이 뇌까렸다.

"편안해 보이는군."

"이제 해방되었을 테니까요."

"그래."

"그런데 이제 정말 어쩔 셈이에요?"

"그러게……."

유진천은 하후상의 등을 보며 마음으로 말했다.

'잘 가, 내 형.'

그리 부를 수는 없었지만, 언제나 그리웠던 그의 형제.

세상에 홀로 떨어진 것만 같았을 때, 언제나 생각만으로 그의 외로움을 달래주었던 세상 하나뿐인 그의 이해자에게 유진천은 마음속으로나마 작별을 고했다.

하후상도 마찬가지 심정이었는지 자꾸만 뒤를 힐끔힐끔 돌아보았다.

그답지 않게 말이다.

그때, 등 뒤로부터 고함 소리가 들려왔다.

"안 해! 안 한다고! 난 애초에 모사랑은 안 맞다고 했잖아요! 젠장할!"

제갈휘가 달려오고 있었다.

등 뒤에서 제갈진의 고함 소리가 들려오고 있지만, 제갈휘는 뒤도 돌아보지 않았다.

"제길! 난 서류가 싫어."

그나마 제갈휘는 양호했다.

"아니, 뭔 혼인이에요? 진짜 못해먹겠네!"

매검은 사색이 되어 도망 왔다.

"왜?"

"혼인해서 빨리 증손주나 낳으랍신다. 나는 이제 가르치는 재미가 없다시네!"

"헐."

"야, 쟤도 온다."

남궁산이 쭈뼛쭈뼛 걸어와 그들 앞에서 주저앉았다.

"넌 또 왜?"

남궁상이 울상을 지었다.

"너희 형 목 따 오래."

"가서 죽으라는 건가?"

"아직 부상 중이니까 가능할 거라는데?"

"어? 그러고 보니?"

유진천이 으르렁댔다.

"안 돼!"

"에휴, 양쪽에 껴서 살 수가 없다."

제갈휘가 그들을 쭈욱 둘러보더니 사악한 미소를 지었다.

"뭐, 사실 상관없지."

"응?"

제갈휘는 깔끔하게 상황을 정리해 주었다.

"가자!"

"어딜 가?"

"어딜 가긴 어딜 가! 신강으로 가야지!"

제갈휘는 그들이 잊고 있던 것을 떠올리게 해주었다.

"우리가 누구냐! 오괴당(五怪當) 아니냐!"

남궁산이 멍한 얼굴로 답했다.

"그러네?"

"아, 우리 정천맹 소속 아니구나."

"심지어 아직 강호공적이에요."

짝짝짝!

제갈휘가 박수를 쳤다.

"마련이 박살 나서 비어버린 신강에 오괴당 지부를 지읍시다. 잔소리하는 할아버지도 없고, 눈치 주는 아버지도 없는 그곳. 천당이지, 천당!"

"그럴싸한데?"

"매우 그럴싸하네요."

"아니, 그래도 그건 좀……."

매검과 제갈휘가 주춤하는 남궁산의 양쪽 어깨를 틀어쥐었다.

"친구."

"……이럴 때만!"

"어차피 자네는 독심이 없어서 정천맹주 해먹기는 글렀다네."

"그럼, 그럼."

"하지만 오괴당 당주(堂主)라면 가능하지!"

"그럼, 그럼."

남궁산이 당황한 얼굴로 유진천을 돌아보았다.

"아니, 그건 진천이가 해야지."

"쟤는 이제 약해 빠져서 안 돼."

"아……."

"그리고 자네도 좀 물 좋고 공기 좋은 곳에서 치료를 받아야
지. 제일 상처가 심하니까."

"내가 제일 덜 다치지 않았나?"

제갈휘가 사악하게 웃으며 남궁산의 귀에 대고 속삭였다.

"마음의 치료, 마음의 치료. 이만큼이나 깔끔하게 차였으면
이제 정리해야지."

"뭐, 뭐뭐! 무슨 소리야!"

매검이 씨익 웃으며 남궁산을 끌고 나갔다.

"갑시다, 당주님."

"모시겠습니다, 당주님."

"아, 아니, 잠깐만! 그게 왜 이런 식으로 결정 나는 거야! 진
천아! 진천아아아!"

유진천은 질질 끌려 나가는 남궁산을 보며 연초를 꺼내 불을
붙였다.

"결국 이리되는 건가……."

탁!

하지만 그의 연초는 두어 번 빨리기도 전에 바닥으로 떨어졌다.

"이제 아프지도 않으면서 그런 거 물고 다니지 말아요."

"……네."

"따라와요. 일단 가보죠. 재미있을 것 같으니까."

"……네."

유진천은 앞장서 걸어가는 위지화영의 등을 보며 한숨을 푹 내쉬었다.

"아무래도 실수한 것 같은데……."

점점 간섭이 심해져 가는 느낌이 온다.

그전까지는 할 일이 있다는 핑계로 어떻게든 버텨왔는데, 이제는 더 버틸 수가 없다!

"아무려면 어때."

먼저 걸어가는 친구들의 등을 보며 유진천은 미소 지었다.

이제는 그가 친구들을 따라 걷고 있었다.

그 걸음의 끝에 무엇이 있을지는 지금은 알 수 없다.

고개를 들어 하늘을 바라본다.

유문혁과 조약란.

항상 불편한 얼굴로 바라보던 그의 부모가 그를 향해 미소 짓는 것만 같았다.

'지켜보셨죠?'

그렇다는 대답은 없어도 된다.

그랬을 테니까.

'이제 미안하다고 하지 않아도 됩니다. 저는 살아갈 테니까요.'

살아간다.

때로는 힘들고 고통스러울지라도 살아간다.

그러다 보면 언젠가는……

유진천은 그를 기다리는 이들에게로 향했다.

그의 등 뒤로 따뜻한 봄의 햇살이 내리쬐고 있었다.

〈『파천도』終〉

1판 1쇄 찍음 2016년 1월 29일
1판 1쇄 펴냄 2016년 2월 4일

지은이 | 비 가
펴낸이 | 정 필
펴낸곳 | 도서출판 **뿔미디어**

편집장 | 이재권
기획 · 편집 | 문정흠

출판등록 | 2002년 9월 11일 (제1081-1-132호)
주소 | 경기도 부천시 원미구 소향로 17번길(두성프라자) 303호 (우) 14544
전화 | 032)651-6513 / 팩스 032)651-6094
E-mail | bbulmedia@hanmail.net
홈페이지 | http://bbulmedia.com

값 8,000원

ISBN 978-89-6775-168-5 04810
ISBN 978-89-6639-619-1 04810 (세트)

BBULMEDIA

www.bbulmedia.com